白《しら》鷺《さぎ》烏《う》近《こん》なんぎ解決帖

田中啓文

光文社

白鷺《しらさぎ》烏《う》近《こん》なんぎ解決帖

目次

装丁　西村弘美
装画　光嶋フーパイ

川の流れを逆にしろ

そよそよと柔らかにそよいでいた秋風が、夕景小前《ゆうけいこまえ》からやや強くなりはじめ、次第に「吹きすさぶ」という形容がふさわしいほどになっていった。土佐堀川《とさぼりがわ》に立つ白波も高くなり、ぽつり、ぽつりと雨が落ちてきている。堂島《どうじま》の浜に立ち並ぶ蔵屋敷に、船から米を運び下ろしていた仲仕《なかし》たちも、

「もう今日はこのへんで終わりにしよか……」

と作業を止《や》めた。このあと夜にかけて激しい風雨になることが、川で働くものたちには経験的にわかっているのだ。中之島《なかのしま》と堂島は、北の堂島川《がわ》と南の土佐堀川に挟まれた一帯で、大名家の蔵屋敷が並び、全国から米や各地の名産物が日々大量に運び込まれていた。大坂《おおさか》を天下の台所と称する所以《ゆえん》である。その土佐堀川にも白波が高く立ち、水は濁りはじめていた。

土佐堀川にかかる淀屋橋《よどやばし》のたもとに、一艘《いっそう》の船がもやってあった。屋形船《やかたぶね》である。といって、何十人も乗れるような大型のものではない。せいぜい三、四人乗りの小さなものだ。「屋根船」

というやつで、一応、障子《しょうじ》で部屋を囲ってはあったが、屋根には穴が開き、障子はあちこち破れ、船べりの板も割れているのを、おおざっぱに修繕してあった。もやってある、といっても、棒杭《ぼうぐい》にもやい綱をからませてある、というのではなく、船の前後左右に杭を打ち、そこに太い綱をぴんと張り、「牡蠣船《かきぶね》」のようにしっかり係留してあるので、少々の雨風で流される心配はない。

そのぼろぼろの屋形船のなかには、ひとりの若者が眠っていた。町人髷《ちょうにんまげ》を結《ゆ》い、月代《さかやき》はきれいに剃《そ》っている。一張羅しいつんつるてんの単衣《ひとえ》ものを着ているが、帯はだらしなくほどけている。部屋のなかには小さな置きべっつい（かまど）やカンテキ（七輪）、水瓶《みずがめ》などが並んでいるので、どうやらここで暮らしているらしい。

波が来ると船ががぶりと揺れ、うっすら目を開けるのだが、そのたびにぎゅっとまぶたを閉じ、ふたたび夢のなかへと逃亡する。

（絶対起きてやるものか……）

と強い意志で思っているのだ。なにしろ、起きてもなにもすることがない。金もない、仕事もない、友だちもいない……ないないない尽くしなのだ。寝ていたほうがずっといい……。しかし、流木かなにかが舳先《へさき》にぶつかって大きく船が傾《かし》ぎ、床をごろごろ転がったときはさすがに起きざるを得なかった。

「ああ……とうとう目が覚めてしまったな……」

斜めになった板の間にあぐらをかいて欠伸《あくび》をする。このまま船が沈んだとしても、人間ひとりがこの世から消えるだけなのだから動じることはない。彼のことを心配するものはどこにも

いないのだから、

（川底で永遠に昼寝、というのもいいかもな……）

そんなことを思っていると、目のまえを酒の一升徳利《どくり》がすーっと横切っていった。それを途中でパッとつかむと、中身がまだ入っている。若者は徳利の詰めを抜いて直《じか》に口をつけた。すっからかんの胃に酒が染みわたり、身体《からだ》が熱くなってくると、おたおたしてもしかたがない、という気になってくる。

（こんな暮らしも悪くはないいな……）

と思わぬでもない。

（とはいうものの、なにか仕事を見つけないかんな。でないと酒も飲めない。そうだ、そろそろ太郎兵衛《たろべえ》旦那《だんな》に仕事の世話を頼もうか）

太郎兵衛というのは、土佐堀川に面した小さな茶店《ちゃみせ》と八軒《はっけん》長屋の主《あるじ》であり、この船のもとの持ち主でもある人物だ。かつては大きな船宿を経営していたが、老年になって店は人手に渡し、今は片手間に茶店「鳩屋《はとや》」を営んでいる。茶店と長屋の上がりで十分食べていけるので、半《なか》ば楽隠居のようなものだ。

（今から行って……いや、べつにそんなに急ぐことでもないな。明日《あした》にしよう）

若者はふたたび酒を口にした。雨風はますます強まり、船の揺れもきつくなっている。なにかが船べりに当たるバンバン……バンバンという音が聞こえてくる。

「うるさいなあ……こっちは酒飲んでもうひと眠り、と思ってるのに、寝られないじゃないか。それにしても、まるでだれかが拳骨《げんこつ》で船を叩《たた》いてるみたいに聞こえるな……」

「そうだ！　叩いているんだ！」

バンバンという音に交じってそんな声が聞こえた。

「ああ、やっぱり叩いて……えーっ！」

若者は仰天《ぎょうてん》し、立ち上がって障子を開けた。岸からひとりの老武士が必死で手を伸ばし、船べりを叩いている。

「なんだ、ご中老《ちゅうろう》さまじゃないですか」

鬢《びん》に白いものの交じった老武士はホッとしたような表情で、

「さっきからずーっと叫んでおったので声が嗄《か》れた。わしの声が聞こえなんだのか」

「はい、まったく」

武士はため息をつき、手ぬぐいで顔や頭、着物などを拭《ぬぐ》いながら、

「入ってもよいか」

「もちろん、どうぞ」

武士はこわごわ歩み板を渡り、船に乗り移ろうとした。そのとき、またしても船が傾いで、老武士は川に落ちそうになり、

「右近《うこん》、ぼーっと見ておらずに手を貸してくれ！」

「世話の焼けるお方だ」

右近と呼ばれた若者が差し伸べた手をつかんで、武士は部屋に入ってきた。そして、刀を横に置き、船内のあちこちを見回した。

「暗いですね。今、明かりを点《つ》けます」

右近は行灯《あんどん》を灯《とも》した。

「ここで暮らしておるのか？」

「そうです」

「たいへんだのう」

「そんなことないですよ、蚊取《かとり》さま。道具はだいたい揃《そろ》ってますし、私は寝ようと思えばどこでも眠れる体質なんです。たぶん杉の木のてっぺんでも寝られますね」

「とは申しても、かかる風雨の日はきつかろう」

「住めば都というじゃないですか」

蚊取はもういちど部屋のなかを見回したあと、

「ずいぶんと捜したぞ。大坂町奉行所から、おまえが大坂堂島鳩屋太郎兵衛店《だな》におる、と報《しら》せがあったゆえ、今朝まだ暗いうちに岸和田《きしわだ》を発《た》ち、こちらに着いてからあちこちたずねてまわったが、どうしても居所が知れぬ。知れぬはずよ。長屋ではなく、まさか船のなかに寝暮らしておるとはのう……」

「ひとりで来られたのですか？」

「忍びゆえ、な」

「はあ……なにかあったのですか」

蚊取は右近に頭を下げ、

「右近、頼む。おまえでなければ解決できぬ大事《だいじ》が出来《しゅったい》したのだ」

「すみません。私はもう皆さんとはなんの関わりもない身です。殿に牢《ろう》に入れられ、親に勘当《かんどう》されました。しかたなくこうして大坂に出てきて、今は気楽にやってます。もう岡部《おかべ》家との縁は切れておるはずです」

「それはわかっておる。あのときのことは謝るしかないが……」

「では、帰ってください。私は忙しいんです」

「どう見ても暇そうだがな……」

「はははは……バレましたか」

右近はもうひと口酒を飲むと、

「あ、蚊取さまも飲まれますか」

「いらぬ。——右近、せめて話だけでも聞いてくれぬか」

「そうですねえ。こんな雨風のなかを岸和田くんだりからおひとりで来られたのです。話はお聞きしましょう。けど、聞いたうえで私がお断りしてもお怒りなさいませんように」

「それはわかっておる。——右近、わしがこうして参ったからには、殿に関わることだとは思うておろうな」

「そりゃまあ、そうでしょう。近頃、殿の評判はどうですか」

「悪い」

蚊取は即答した。もちろんそのことを右近も知っている。なにしろ彼はつい先日までその「殿」に小姓頭《こしょうがしら》として仕えていたのだから……。「殿」というのは、泉州《せんしゅう》岸和田五万三千石、岡部美濃守《みののかみ》のことである。

「やっぱり悪いですか」

岡部家の中老（家老の次位に当たる職）蚊取源五郎《げんごろう》は強くうなずき、

「そろそろ一揆《いっき》が起きそうな気配がある」

「えっ……そこまで……？」

「領民はそれほど苦しんでおるが、殿にはその声は届いてはおらぬ。届いたとしても聞く耳を持たぬだろう」

「でしょうね。自分勝手で、おのれがこうと決めたらだれの言うことにも耳を貸さず、たとえ間違っていたと途中で悟っても、絶対に非を認めず、謝ることはない。大名の子としてわがまま放題に育ったなんぎなお方ですから……」

「そうだ。おまえはそんなご気性《きしょう》の殿に側近《そばちか》く仕えて、日々、鷺《さぎ》を烏《からす》と言いかえ、鹿を指して馬となす……そういう務めを果たしてきた。われら岡部家のものたちは幾度となくおまえに救われてきた。おまえにはそういう才があったのだ。わしらにはとうてい務まらぬお役目であった」

「今頃ほめても遅いですよ」

「そう言えば、おまえが虎を屏風《びょうぶ》から追い出したことがあったのう……」

「たしかに」

右近は懐かしく思い出した。彼が仕えていた岡部美濃守は、一度言い出したら聞かぬ性格で、そのために大勢の家臣や出入りのものが迷惑をこうむっていた。殿さまにしたら、なにげなく言い出したことでも、家臣たちには「無理難題」に思える。そうなると殿さまもあとには引けなくなり、結果として、低い人望がさらに低くなる。

あるとき岸和田城の広間において美濃守が、竹林に虎を配した屏風を上機嫌で家臣たちに示し、

「先日手に入れたこの虎を見よ。よう描けておる。まるで生きておるかのようではないか」

と自慢した。狩野仙堂《かのうせんどう》という名高い絵師に大金を払って描かせた作品である。家臣一同が感嘆の声を発するなか、追従《ついしょう》ものの家臣が、

「まさしく生きておりますな。名人の描いたものに魂が宿る、というのはよう聞く話でござる」

美濃守はうなずき、

「生きておるならば縛《ばく》せるはず。たれやある、この虎を生け捕ることのできるものはおらぬか」

美濃守にとってはほんのたわむれのひと言であったと思われるが、家臣一同としてはなんらかの返答をせねばならぬ。これまた「いらんこと言い」の山田《やまだ》という家臣が進み出て、

「それがしにお任せくだされ」

「おお、絵に描いた虎を捕縛すると申すか。やってみせよ」

「ははっ。――なれど、殿、絵のなかにいるものは縛れませぬ。なにとぞこの虎を絵から追い出してくだされ」

どこかで聞いたおどけ話を考えなしに口にしただけだったのだろうが、その「気の利《き》いたことを言っている」風の態度が、美濃守には気に入らなかったようだ。

「それは一休禅師《いっきゅうぜんじ》幼少時の頓智《とんち》問答であろう。余も知っておる。貴様、絵に描いた虎を縛《いまし》め

ると言うたからには、おのれが絵のなかに入れるか、もしくはみずから虎を絵から追い出せるか、いずれかができるのであろう」

「い、いや、それがしにはできませぬ。それゆえ、殿に追い出してくだされと……」

「たわけめ！　できもせぬことをできるなどとは、二枚の舌を持つけしからぬやつ。山田、主君をたばかった罪は重いぞ」

「申し訳ございませぬ……」

「さあ、ここへ来て虎を追い出してみよ。もし、できぬときは切腹申しつける」

「そればかりはお許しを……」

たいへんなことになった。しかし、筆頭家老も次席家老も大目付《おおめつけ》も知らぬ顔をしている。こういうときに下手《へた》に美濃守をいさめると、火に油を注ぐこととなり、自分たちもその火の粉を浴びることになりかねない、と知っているからだ。彼らの地位は代々世襲であり、子どもにその職を継がせるためには殿さまの機嫌を損じてはならぬ。しかたなく中老の蚊取源五郎が進み出た。彼は一代限りの身分である。

「殿……蚊取源五郎申し上げます」

「なんだ」

「虎を絵から抜け出させることができたら、山田の切腹、お許しいただけますか」

「なんと申す。蚊取、おんどれ、この虎を絵から出せると申すか」

「それがしではございませぬ。絵から虎を出せるものを存じております る」

「ほう……まことにそのものが虎を出せたら、山田の罪は許してつかわす。それはだれだ？」

「小姓の白鷺《しらさぎ》右近でござる」

一同は驚いたが、当の右近がいちばん驚いた。蚊取のほうを向いて自分を指差し、

（私……？）

という顔をしたが、蚊取はそれを無視して、

「白鷺ならばできるはず。それがし、以前にそのようなこと聞いた覚えがござる。――白鷺、そうであったな」

「あ、いや、その……えーっ？」

「ひとの命がかかっておるのだ。遠慮や謙遜も時にこそよれ。やってみるがよい」

そんなことを言われても、できなかったら右近も連座して腹を切らねばならないのだ。しかも、右近はもちろん絵に描いた虎を屏風から追い出す術《すべ》など知らなかった。美濃守は興味深そうに、

「右近……そのほうにそんな芸当があるとは知らなんだわ。やってみせい」

右近は思わず両手を突き、

「できませぬ」

「なに……？」

美濃守の声が不機嫌になったので、あわてて言葉を足す。

「今はできぬと申したのです。この儀を取り行うには日数《ひかず》が必要。今しばらくのご猶予《ゆうよ》を……」

「よかろう。まことに虎を絵から出すことができるならば、幾日でも待つであろう」

「ありがたき幸せ」

右近はとりあえず頭を下げた。美濃守は広間から退出したが、残ったものたちは騒然となった。

「絵に描いた虎が抜け出るはずがない。どうするのだ」

「山田だけならともかく白鷺までもが巻き添えだ。ご中老、いかがなさるおつもりです」

「まあ待て。とりあえず時を稼ぐつもりでさっきはああ申したが……白鷺ならばどうにかしてくれるのでは、との気持ちもあった。――白鷺、どうだ。よき思案はないか」

右近はしばらく考えて、

「わかりませぬが……なんとかいたしましょう」

おお……というどよめきが広間を満たした。

「絵の虎を抜け出させるなどということができようか」

「白鷺ならばできるだろう。これまでも殿が無理難題を言い出すたびに、白いものを黒いと言いかえてきた。此度《こたび》もきっと……」

そして、十日ほど経《た》った夜のことである。月は中天に冴《さ》えわたり、「千亀利《ちきり》城」の別名でも知られる岸和田城は黒々とした長い影を地上に伸ばしていた。岡部美濃守は豪奢《ごうしゃ》な布団にくるまってぬくぬくと眠っていた。つぎの間には寝ずの番が控えていたが、襖《ふすま》は閉じているので美濃守の様子は見えない。

丑《うし》の刻《こく》（午前二時頃）を過ぎたころ、行灯の明かりがゆらぎ、同時に、ぐぐ……という低い唸《うな》りが聞こえた。美濃守は深い眠りについているし、寝ずの番の近習《きんじゅ》も半ば居眠りをしていて、どちらの耳にも届かなかった。少し間を置いて、また、ぐぐ……ぐ……という声が響く。ぐぐ……ごお……おお……。ごお……。なにか和毛《にこげ》のような柔らかいものが美濃守の顔に触れた。かすかに目を開ける。ふたたび閉じる。またしても和毛が頬を撫《な》でる。

（なんだ……）

眠りを破られて不機嫌な美濃守は両眼を開けた。いつのまにか行灯の明かりが消えており、真っ暗になっている。舌打ちをした美濃守は、

「たれかある。行灯が消えておるぞ……」

そう言おうとして、言葉を呑《の》んだ。暗闇のなかに爛々《らんらん》と光るふたつの目があったからだ。思わず上体を起こし、後ずさりしようとしたとき、なにか大きなものに抱きつかれた。そして、今度はかなり硬い、剛毛のようなものが喉《のど》のあたりに触れた。同時に、なんともいえぬ悪臭が鼻を突いた。以前、狩倉《かりくら》（狩猟）を催したとき、獲物のタヌキやキツネから立ち上っていた生臭《なまぐさ》い臭《にお》いとよく似ていた。

「ぐるるるる……るる……」

唸り声が聞こえ、美濃守は恐怖に顔をひきつらせて、座ったまま布団のうえを後ろへ後ろへ下がった。

（食われる……！）

そう思ったとき、凄《すさ》まじい咆哮《ほうこう》とともに庭に通じる障子がめきめきと裂ける音がして、なにかが外に飛び出した。それと同時に隣室とのあいだの襖が開き、寝ずの番が燭台《しょくだい》をかざして入ってきた。

「殿、なにごとでござる！」

燭台の明かりに浮かび上がったのは、大きな穴が開いた障子だった。桟《さん》がめちゃくちゃにへし折れている。しかも、外側に向かって、だ。なにかがこの部屋から庭に出ていったのだ。

「と、と、虎だ。虎が出た！」

「まさか……」

寝ずの番が障子を開いて、

「あっ……！」

と叫んだ。濡《ぬ》れ縁《えん》から庭土《にわつち》にかけて、獣のものらしき足跡が点々とついていたのだ。それは本丸を囲む塀《へい》のところまで続いていた。

「殿……たしかに虎でござる」

「そのあたりにまだおるのではないか？」

「おそらく塀を乗り越え、橋を渡り、二の丸に移ったものと思われます」

「ただちに虎狩りをせよ！　城内をくまなく捜し、かならず捕まえるのだ」

「ははーっ」

そのとき美濃守は気づいた。枕もとに置かれた屏風から虎が消えているのだ。竹林はまったくそのままなのに、虎だけがいなくなっていた。美濃守は震え上がった。

「あの折は、いくら捜しても虎が見つからなかったゆえ、いつしかうやむやになったのであったのう」

蚊取源五郎が言うと、

「あたりまえです。もともと虎なんかいないのですから」

右近が苦笑した。

「はっはっは……いもしない虎に怯《おび》える殿を見ておると、うっかりからくりを口にしてしまいそうで困ったわい」

右近が取った方法はこうだった。虎の声を聞かせたり、足跡を見せたりするだけでは美濃守は信じないだろうし、いくら世間知らずの大名相手でもはりぼてやぬいぐるみではすぐバレるだろうと思われた。それで、右近は「闇」を利用することにしたのだ。

なにも見えていない状態で唸り声を聴いたり、毛に触ったり、臭いを嗅《か》いだりすると、想像力の働きで、頭のなかに虎が生まれてしまう。右近は、銀紙で作った「虎の目」の後ろから蠟《ろう》燭《そく》で光を当て、法螺貝《ほらがい》を口に当てて野獣のように吠《ほ》えながら、丸めた茣蓙《ござ》に毛を植え込んだものを美濃守に抱かせたり、刷毛《はけ》で頬を撫でたり、タヌキの毛皮や大量の雑草を入れた袋の臭いを嗅がしたり……と視覚、聴覚、触覚、嗅覚などをすべて動員して美濃守に勘違いさせたのである。

足跡は、そういう形の判子を作り、墨を塗って押した。そして、虎の消えた屏風は、作者の狩野仙堂に事情を話し、わざわざ描いてもらったのだ（そのために十日を要した）。もちろん寝ずの番の侍もグルであった。

「おまえのおかげで、山田は切腹を免れた。——あのときのように、此度も助けてはもらえぬか」

「話はお聞きして、できそうでしたらお引き受けします」

「ありがたい。じつはのう……」

勢い込んで話をはじめた蚊取を見ながら、右近はおのれの来し方を思い返していた。

◇

白鷺家は泉州岸和田五万三千石、岡部家に代々仕える家柄で、馬廻《うままわ》り役として百石を拝領していた。右近は、白鷺喜三郎《きさぶろう》の長男として生まれ、元服してのち、小姓のひとりとして岡部美濃守の側近く仕えることとなった。家督を継ぐまえに若くして城勤めをする身となったのだ。

初出仕の日の朝、喜三郎が言った。

「よいか、右近。殿のおっしゃることは絶対だ。われら臣下のものは、殿が鹿を指差して、『あれは馬だな』と言えば、そのとおりでござる、と応《こた》えねばならぬ。殿が庭の虫の音に耳を傾け、『蛍が鳴いておるのう』と言えば、御意《ぎょい》、と応えねばならぬ。けっして逆ろうたり、間違いをただしてはならぬぞ。それが君臣の道だ」

「それでは、殿はいつまでも間違《まちご》うたままではありませぬか。岸和田におられるときはともかく、江戸表《おもて》にて恥をお掻《か》きあそばすようなことがあれば一大事。それをたださぬのは、臣下の取るべき道ではなく、阿諛追従《あゆついしょう》のように思えます」

喜三郎はため息をつき、

「おまえは殿のご気性を知らぬのだ。わが君《きみ》は、たいそう気まぐれなうえ、わがままで無理難題を言い出す。そのうえ怒りっぽく、すぐにカッとして家臣を誰彼なくお咎《とが》めなさる。ことにおまえは小姓なのだから、二六時中《にろくじちゅう》殿のお側にはべることになる。自然、殿から声をかけられる機も増えよう。あの殿のきまぐれを上手《うま》くさばき、その場を収めるには、太閤秀吉《たいこうひでよし》公に仕えた曽呂利新左衛門《そろりしんざえもん》並みの機転が必要だ。おまえはまだ若い。とても、そのような真似《まね》はできまい。ゆえに万事、ご無理ごもっともなのだ。よう心得ておけ」

右近は納得いかなかったが、父親が自分を案じてくれている気持ちもわかるので、

「父上の仰せにしたがい、決して殿に逆らうようなことはいたしませぬ」

「うむ、よう申した。おまえが不用意に発した一言でこの白鷺の家が潰《つぶ》れることにもなりかねぬ。それを忘れるな」

こうして右近の小姓としての勤めがはじまった。当初はなにごともなかった。父親の言いつけを守り、「ご無理ごもっとも」に徹していたからだ。たしかに美濃守は気まぐれでわがままな大名であった。直前まで機嫌がよかったのに、なにかをきっかけにして烈火のごとく怒り出し、手がつけられなくなる。周囲のものはおろおろし、その場しのぎの言い訳を並べ立てて、とりあえず殿さまをなだめる。そんなことの繰り返しであった。そういう場面を何度も目撃したので、

（ははあ……なるほど。父上があのように申されたのも無理はない。この殿さまと上手く付き合うのはむずかしすぎる……）

殿さまがそんな具合なので、家中《かちゅう》もまとまっておらず、ごちゃごちゃと揉《も》めているようだった。右近の見るかぎりでは、ふたつの派閥があるようだ。美濃守にはふたりの男子がいた。長男はすでに元服をすませ、江戸屋敷に住む長寿君《ながひさぎみ》。次男は国住まいの吉之助《きちのすけ》君である。いずれは長男の長寿君が家を継ぐことになるはずで、美濃守もそう考えていた。

しかし、長男は生まれついて病弱ゆえ、家臣のあいだには利発健康な次男吉之助君を次期当

主に推すものたちもいた。美濃守の父ですでに隠居して長斎《ちょうさい》と名乗っている先代君主も「次男派」で、ときどき美濃守のもとを訪れては、次男を当主にすべき、との意見を開陳《かいちん》する。

「病弱な君主をいただく領民は不幸である。そのことを考えよ」

「まわりが支えていけばよろしかろう。父上はもう隠居したのですから、口を出さないでくだされ」

もともと父親と反《そ》りの合わぬ美濃守がはねつけると、隠居した今も隠然たる勢力のある長斎とは口論になる。ときにはつかみ合いになりそうなときもあり、右近はいつもはらはらした。筆頭家老の中順康《なかよりやす》は美濃守の意を酌《く》んで長男を推していたが、次席家老の九谷新八郎《くたにしんぱちろう》は長斎同様、強硬な次男派であった。両派のものは、城のなかでも城下でも遭えば角《つの》を突き合わせていた。もちろん喜三郎も右近もどちらにも与《くみ》しない。なお、長寿君、吉之助君の母親である御台所《みだいどころ》は次男を産んだあとご逝去。そののち美濃守は正室を迎えていなかった。

そんなある日、参勤交代で江戸にいた美濃守が一年ぶりに岸和田に戻ってくることになった。帰国後すぐに、長男、次男のいずれを次期当主にするか正式に宣《せん》する、とのもっぱらの噂《うわさ》であった。そして、後継者の申し渡しは小書院《こじょいん》に隣接する小部屋、通称世継ぎの間で行われるのが例であった。

小姓は全員が江戸に行くわけではなく、右近は留守番組だったので、一年のあいだ暇にしていたが、美濃守の国入りの日が近づいてきてにわかに身辺があわただしくなった。

というのは、先日美濃守から筆頭家老の中順康に書状が来て、

「余の留守のあいだに、世継ぎの間の襖絵を新しいものに描き直させておけ」

との言いつけがあったので、手配を進めていたのだが、完成した絵の題材について問題が出来したのだ。筆頭家老の中は、出入りの画商舞鶴屋新右衛門《まいづるやしんえもん》を通じて、上方《かみがた》で人気の絵師、渋谷胡蝶《しぶやこちょう》に「鷹《たか》と孔雀《くじゃく》」の絵を依頼したのだが、なにがどう間違ったのか、鶴の群舞に神亀《しんき》を配した図ができあがってきた。

次席家老の九谷は中順康に、

「これはいけませぬ。殿は以前、『鶴は千年、亀は万年と申すが、人間より長生きする生きものをありがたがる気持ちがわからぬ。ひとの一生の短さを思い知らされて不快になる。余は鶴も亀も大嫌いだ』と仰せになったことがございます。襖絵にするなどもってのほか。渋谷胡蝶に命じて、ただちにべつの絵を描かせるべきでござる」

そう進言した。中は蒼白《そうはく》になり、

「なにゆえ鶴と亀の絵になったのかわからぬ。殿は、城下にある菩提寺仙光寺《ぼだいじせんこうじ》のご住持万泉《じゅうじまんせん》が渋谷胡蝶に頼んで近頃新調した鷹と孔雀の襖絵をたいそう気に入っておられ、あれと同じようなものを……と望んでおられたゆえ、舞鶴屋にもその旨《むね》伝えたはずなのだが……」

「殿は、新しい襖絵を楽しみにしておられます。お国入りまでにはとうてい描き直せますまい。またしても殿がお怒りになられますぞ」

「しかたがない。殿には、絵の仕上がりが遅れている、と申し上げ、世継ぎの間へのご入室はお待ち願おう」

そして、国入りが明日に迫った日、岡部家の中老蚊取源五郎が右近に言った。

「どうもおかしい」

「なにがでございます」

「例の襖絵の一件だ。舞鶴屋を呼んで話を聞いたところ、新しい絵ができあがるには十日はかかる、と絵師に言われたらしい。鷹と孔雀がどこで鶴と亀に化けたのか……。舞鶴屋は、中殿からたしかに鶴と亀の絵を注文された、と申していて、ふたりの言い分は食いちがっているのだ」

右近はしばらく考えて、

「なるほど……おかしいですね。私もじつは気になっていることがございます」

世継ぎの間の襖絵を入れ替えるついでに、天井や柱、欄間《らんま》などが傷んでいるので、それを直してしまおう、ということになり、数人の大工が入って普請《ふしん》をした。そのために世継ぎの間は家士《かし》の出入りを禁じられていた。しかし、普請はとうに終わったはずなのだが、いまだに出入り禁止は解かれていない。

「大工たちはこの城の二の曲輪《くるわ》にある長屋に泊まり込んだままです。夜中に廊下を通ると、どこからか物音が聞こえるので、世継ぎの間の普請は続いているのではないかと……」

「なんだと……？」

「数日まえ、大工のひとりが貝塚《かいづか》の遊廓で大散財をした、という噂を聞きました。ただの大工に支払える額ではありません」

「うーむ……なにかありそうだな」

「一度世継ぎの間に入って検分してみたいのですが……」

「よかろう」

しかし、右近の世継ぎの間への入室は次席家老九谷の猛反対を受けた。

「代々のご当主が後継者を指名する神聖な場所について、小姓風情が口を出すなど許されぬ。検分ならば、それがしがすでに行った。殿がお戻りになられても、襖絵ができあがっておらぬならば、世継ぎの間への立ち入りはしばしお待ちいただくほかない」

次席家老にそう言われれば、中老は引き下がるほかない。

「わしにはこれ以上どうしようもない。もしや、九谷殿は世継ぎ選びの延期を画策しておいでなのかもしれぬが、そのようなことをして日数を稼いだとてなんになろう」

ため息をつく蚊取に右近は言った。

「私に考えがあります。明日までに鷹と孔雀の襖絵ができあがっていれば、殿の世継ぎの間への入室をおとどめする必要はなくなるはずですね」

「そんなことができようか」

「できる……と思います」

そして、翌日、参勤交代の一行が城へと帰着した。岡部美濃守は本丸表《おもて》御殿《ごてん》の大広間に入り、家臣一同の出迎えを受けた。

「一同大儀である。——早速《さっそく》だが、余は世継ぎの間の襖絵が見たい。道中もずっとそのことばかりを考えていた。ただちに支度《したく》をせよ」

「恐れながら申し上げます……」

筆頭家老の中順康が進み出て、

「あいにく鷹と孔雀の絵、いまだ仕上がらず、今しばらくお待ちいただきますようお願い申し上げます」

「なに……？」

美濃守はこめかみに青筋を立て、

「余が本日帰着することは書状にて知らせておいたはず。なにゆえできあがっておらぬのだ」

「それがその、手違いにて……」

「たわけめ！　余は今日、新しくなった襖絵のまえで跡継《あとつ》ぎを宣するつもりであったのだ」

「どうかお日延《ひの》べをお願いいたします」

「ならぬわ。――ならば、よい。古き襖絵でもかまわぬ。今から参るゆえ、子どもらを呼びにやれ」

そう言うと美濃守は立ち上がり、足音も荒く大広間から出ていこうとした。

「お、お待ちくだされ！　暫時《ざんじ》……暫時お待ちを……！」

中は美濃守の袖にすがって引き留めようとした。なにしろ、今は「鶴と亀」の絵が入った状態なのだ。美濃守がそれを見たらどれほど激昂《げきこう》するか知れぬ。美濃守は振り向きざま、中の腹を蹴りつけると、

「なにゆえ止める。ここは余の城だ。余の好きにいたす」

必死に立ち上がった中は美濃守のまえに回ると、その場に両手を突き、

「此度のこと、すべての責めはこの中にござります。ここで腹を切りまするゆえ、なにとぞお日延べを……」

そこまで言われると、美濃守もやや冷静さを取り戻した。中家は代々、岡部家の筆頭家老を

務める家柄である。死なれて困るのは美濃守なのだ。

「あいわかった……。腹は切らずともよい。今後、気を付けよ」

「では、お日延べくださいまするか」

美濃守はうなずき、

「舞鶴屋は参りおるか」

「襖絵の進捗《しんちょく》につき打ち合わせるため日々登城《とじょう》させてございます」

「絵師を急《せ》かすよう申しておけ。よいな」

そのときである。中老の蚊取源五郎が中順康に走り寄り、なにごとかをささやいた。

「なに？　そりゃまことか！」

「はい。すでに入れ替えの手配済みでございます」

中は美濃守に向き直ると、

「殿！　襖絵ができあがりました。今から、世継ぎの間にて入れ替えを行いまするゆえ、しばらくお待ちくだされ！」

「なに？　それは上々だ。入れ替えが済んだら呼びに参れ。余は居間にて休息しておる」

美濃守が行ってしまったあと、九谷が言った。

「絵が仕上がっただと？　そんなはずはない。それがしは昨日、舞鶴屋にいまだ三分《さんぶ》の出来と聞いた」

「お疑いならばその目でお確かめあれ」

中順康、九谷新八郎、蚊取源五郎の三人が世継ぎの間に駆けつけると、右近の指図で家士た

ちが鶴と亀の襖を新しい襖に取り替えている最中だった。呼びつけられた舞鶴屋が、

「こ、これは……たしかに鷹と孔雀の絵だ。しかも、胡蝶が描いたものに間違いはない」

九谷が、

「どういうことだ、舞鶴屋！　昨日、三分の出来のものがなにゆえ仕上がっておる」

「いえ、私はたしかに胡蝶には、あと四、五日は仕上げるな、と申しつけたはず……」

「しっ……！」

九谷は舞鶴屋の口を手でふさいだ。蚊取源五郎が九谷に、

「どうやら世継ぎの間になにやら仕掛けをしようとしておられたご様子。それが案外、日数がかかり、殿のお国入りに間に合わなかったのでござろう。わざと殿が気に入らぬ鶴と亀の絵を描かせて、それを描き直すあいだ日延べをするという口実で、普請を続けさせておられたのではござらぬか」

「なにを証拠にそのようなことを……」

「殿にお世継ぎを指名されると困る方々がいらっしゃるようでござるな。先ほどから天井のほうをちらちら見ておいでだが、天井になにかござりますかな」

「うるさい！　わしは知らぬ」

「いずれにしても、これで殿がこの部屋に入るのをおとどめする理由はなくなり申した。早速、殿をお呼びいたします。その際、殿がご覧のまえで、天井の検分もいたしましょうぞ」

「知らぬ……知らぬ知らぬ。すべてはここなる舞鶴屋が企《たくら》んだことであろう」

「なにをおっしゃいます。わてはご家老さまのお言いつけのとおりに……」

「黙れ黙れ。だれか、舞鶴屋を捕らえよ！」

中順康が厳しい声で、

「見苦しいぞ、九谷。殿を殺害しようとしたのか。なんたる不忠……」

「不忠だと？　貴殿《きでん》らのほうがずっと不忠ではないか。殿の言うことならなんでも聞く、鷺を烏と言い換えてもご無理ごもっともと頭を下げる……それが忠義であろうか。それがしはお家の将来を考えて、かかる所業《しょぎょう》に及んだまで。天地にはばかるところはない」

そのとき、

「殿のおなりー」

先ぶれの声がして、一同がそちらを見ると、襖の入れ替えが終わったという報を聞いた美濃守が廊下を歩いてくるところだった。九谷新八郎は、

「もはやこれまで……！」

そう叫ぶと、刀を抜いて美濃守に斬りかかろうとした。咄嗟《とっさ》に右近はおのれの小刀《しょうとう》を九谷に投げつけた。小刀は九谷の右手に当たり、九谷は刀をその場に落とした。美濃守はそれを見とがめ、

「右近、なにをしておる！」

右近は平伏《へいふく》して、

「ははっ、九谷殿がにわかに錯乱いたし、殿に斬りつけようとなさったので、小刀を投げました」

「たわけ！　世継ぎを決めるまえに血を見るとは不吉極まる。今日の儀は取りやめだ。――右

近、そのほう不届き至極《しごく》。よって入牢《じゅろう》申しつける」

蚊取が、

「殿……右近めは殿のお命を守ろうとして……」

「うるさい！」

美濃守はどすどすと足音を立てると引き返していった。蚊取はため息をついて右近を見、

「牢とはひどい……」

そう言った。

◇

世継ぎの間を調べた結果、吊《つ》り天井の仕掛けが明らかとなった。あと少しでできあがるところだったようだ。九谷は、跡継ぎが公に決するまえに美濃守を殺し、次男吉之助を跡継ぎにさせて、岡部家の政《まつりごと》を牛耳《ぎゅうじ》ろうと企んでいたのだ。世継ぎは長男と決まり、九谷は謀反《むほん》の罪で切腹を命じられ、画商舞鶴屋も処罰された。鷹と孔雀の絵は、もちろん新しく描かせたものではなく、右近が仙光寺の万泉住職に頼み込んで、寺の襖絵を拝借したのである。

しかし、右近は美濃守の不興を買った。儀式の場を血で汚した、というだけでなく、たいへんなことが発覚したのである。じつは右近は美濃守の長女小夜姫《さよひめ》とひと目を忍ぶ仲であった。右近はさすがにそのことをひた隠しにしていたのだが、小夜姫は大胆というか天真爛漫《てんしんらんまん》というか、ひと前でも、

「おーい、右近。明日、仙光寺に遊びにいかぬか。あそこは岡部家の菩提寺じゃ。墓参りといえば父上にはわからん。行こう行こう」

などと大声で言い出したりするので、いつも右近ははらはらしていた。それが露見したのだ。小夜姫のことを目のなかに入れても痛くない、嫁にも出さず、いつまでも手許《てもと》に置いておきたい、などと冗談まじりで周囲に漏らすほどかわいがっていた美濃守は当然激怒した。

「許さぬ！　小姓頭の分際で小夜に近づくなど不届き至極！」

こうして右近は城内の二の曲輪にある牢屋に入れられることになった。仕官している武士が主君に罰を受ける場合、普通は、逼塞《ひっそく》、閉門、蟄居《ちっきょ》……といった処分を受ける。それらは自宅で謹慎するわけだが、牢に入れられるというのは、犯罪者扱いされたも同然だ。美濃守にとっては、一種の「こらしめ」のつもりだったのだろうが、武士にとっては大なる恥辱である。

当然、父の喜三郎は激怒した。たとえいかなる事情があろうと、城勤めのものが主君から勘気《かんき》をこうむるとは白鷺家の面目《めんぼく》が立たぬと右近を勘当し、次男の右三郎《うさぶろう》を跡継ぎに指名して、早々に届け出てしまったのだ。勘当といっても人別から抜いたわけではなく、表向きは病気により跡継ぎを変更する、と届けを出しただけの「内証勘当」ではあったが、親との縁が切れたことはたしかであった。

右近は牢内でぼんやり過ごした。当時、一緒に入牢しているものは十人ほどで、身分も百姓、町人、無宿もの、僧侶……とまちまちだったが、武士は右近ひとりだった。それまでの暮らしとはがらりと変わったまったく未知の体験だった。牢名主《ろうなぬし》は、最初、右近をキメ板《いた》でどやしつけて威張《いば》り散らしていたが、右近の罪状が「次席家老に城内で小刀を投げつけて怪我《けが》を負わせた」そして「殿さまの娘に手を出した」というものだと知り、

「とんでもないやっちゃ」

と感心して、以降は格段に扱いが良くなった。ほかの囚人《めしうど》たちも、碌《ろく》でもない最低の輩《やから》もいれば、気のいい小悪党《こあくとう》もおり、彼らの話を聞いているだけで右近はまあまあ退屈することなく過ごすことができた。

百日後、放免された右近だが、勘当の身ゆえ家に帰ることもならず、その足で大坂に出た。浪人となった右近にとって岸和田には居場所がないのだ。大坂でいろいろ仕事をしたがうまくいかぬ。仕事といっても、浪人が手掛けられるのは、傘張り、楊枝《ようじ》削り、袋張り……といったもので、丸一日働いても風呂銭ぐらいにしかならぬ。寺子屋の師匠はよほど信用されぬと務まらぬし、大店《おおだな》や賭場《とば》の用心棒のように殺伐とした仕事は右近の気に合わぬ。結局、武士を捨てて町人になり、担ぎの風車売り、風呂屋の三助、渡り中間《ちゅうげん》など、父親が聞いたら目を剥《む》いて怒りそうな仕事も手掛けたが、どんな商売も「道によって賢し」というとおり、一朝一夕《いっちょういっせき》で身につくものではない。ついに裏長屋の日家賃《ひやちん》も払えなくなった右近は、

「もう、どうでもいい！」

と浮世《うきよ》の厳しさに音を上げ、着《き》の身着《みき》のまま長屋を出て、土佐堀川に差し掛かった。

（このまま身投げでもしようか……）

そんな思いがちらと頭をかすめたとき、土手に放置してある小さな屋形船が目に入った。屋根はもちろん、部屋を囲う障子も船べりも船板もぼろぼろになっている。船底は苔《こけ》むし、牡蠣などの貝が無数に張りついており、川に浮かべたらそのまま沈んでいくだろうと思われた。

（ほほう……）

近づいたとき、

「なんや、わしの船になんぞ用か？」

しゃがれた声がして、手ぬぐいで鉢巻《はちまき》をした血色《けつしょく》のいい親爺《おやじ》が近づいてきた。それが、鳩屋の太郎兵衛との出会いであった。

「あなたの持ちものでしたか。その……なかに住めないかと思ったのです」

「持ちもの、ゆうほどやない。捨てるにも手間がかかるさかい、ほったらかしにしてあるのや。こんなもんに乗ったら水が入ってきてあっという間におだぶつやで」

「修繕したら住めませんかね」

「なんでこんな船に住みたいのや」

「住むところがないのです。長屋を追い出されてしまいました」

「はっはっはっはっ……正直なひとやな。船に住みたいとは風流やないか。気に入った。この船も、昔は毎晩、客を乗せて活躍したのや。あんたが使《つこ》うてくれるのならあげてもええで」

「え？　いただけますか」

「うむ。修繕もわしが手伝うてやろう。どうせ暇にしとるさかいな」

「ありがとうございます」

親爺は、かつては「鳩屋」というそこそこ大きな船宿を経営し、船も六艘ほど持っていたが、歳《とし》を取って全部手放し、今は水茶屋《みずちゃや》と八軒長屋の上がりで暮らしているらしい。その日から太郎兵衛と右近は素人《しろうと》大工をしてその壊れた屋形船を修理した。客を乗せるわけではない。自分が住むだけなのだから、見かけはどうでもいい。船底の穴や屋根の割れ目、船べりのひび割れなどをふさぎ、障子をつくろえばいいのだ。

「たしかに川のうえなら家賃はかからんわな。けど、人別《にんべつ》に載せなお上《かみ》から叱られるさかい、わしの長屋に住んでる、いうことにしといたらええわ」

太郎兵衛は、経緯《いきさつ》をなにも聞かず、会ってまもない右近の身もと引き受け人になってくれるというのだ。

「うん？　あんた、泣いてるやないか。どないしたんや」

「いや……今までさんざんな目に遭ってきたので、ひとの情けが身に染みております」

「ははははは……大げさやな。――さあ、これでよし。浮かべてみよか」

ふたりは丸太を地面に並べて屋形船を川端まで運び、そこから土佐堀川に下ろした。周囲に太い杭を七、八本打ち込み、しっかりと綱を張る。これで、流されることはない。乗ってみると水漏れもなく、快適である。こうして、右近は船に住むことになった。屋財家財を持ち込んでの気楽な生活である。ただ、雨風の強い日は「住まい」が揺れまくり、最初のうちは船酔いに苦しんだが、それも慣れた。

問題は仕事だった。なにをやっても長続きしない。太郎兵衛が世話してくれたものも、すぐに「面白くない」「しんどい」と言って放り出してしまう。結局、なにもせずにごろごろする日々が続いた。そのままでは飢え死にしてしまうが、ときどき太郎兵衛が飯を食わせてくれるので、なんとか生きながらえているようなものだ。あとは水を飲んで過ごしていた。どうしても金が必要なときは、沖仲仕をして日銭を稼ぐ。このあたりは各大名家の蔵屋敷が林立しており、仲仕の仕事にはことかかなかった。そうやって得た金で酒と肴《さかな》を買い、ゆらゆら揺れる船のなかに寝そべっていると、

（私は今、公方《くぼう》さまより幸せかもしれない。仕官して、家のため、殿さまのため、あくせく働いても、行きつく先は牢屋に入れられて勘当だ。こうしてのんびりしてるほうが性に合ってるなあ……）

という気分になる。そんなときに、蚊取源五郎がやってきたのである。

◇

「おまえが辞めたあと、殿はふたたび世継ぎの間に入り、江戸においでのご長男長寿君を世継ぎにする、と正式に宣された。殿のお父君長斎さまは例の一件の責めを負い、まことの意味でのご隠居となって権力を失うなど、城内の様子も少しは変わった。だが、わが岡部家の領民は多大な租税に苦しんでおる。そして、殿はあいかわらず民の怨嗟《えんさ》の声などどこ吹く風だ。そんな折に、仙光寺の万泉住職が殿に面会し、『今の岡部家領内では逆さまごとが横行しています。木の葉が沈んで石が泳ぎ、川の水が下流から上流に向かって流れるありさまです』と政を難じた」

「さぞかし殿は怒ったでしょう」

蚊取はうなずき、

「殿は普段、万泉住職に帰依《きえ》しておいでだが、その言葉を聞いて怒り心頭に発し、刀を抜いて住職に突きつけた」

美濃守は、

「和尚《おしょう》、領内で横行しておるというその逆さまごと、領主である余はまだ見ておらぬ。それを見せてもらえねば、嘘《うそ》をついた罪で和尚の一命もらい受けるが、よろしいか」

「ご随意になされませ。ただし、もし、木の葉が沈んで石が泳ぎ、川が逆に流れたるときは、愚僧の申すこと聞いていただけましょうな」

そんなやりとりがあったという。蚊取は頭を抱えて、

「なんとかしてくれ。でないと、万泉和尚が殺されてしまう。このままでは遠からず一揆が起きよう。そうなれば、たとえうまく鎮《しず》めたとしても、殿は公儀《こうぎ》からその責めを負わされよう。隠居ですめばよいが、下手をすると改易《かいえき》になるやもしれぬ。岡部家も百姓衆も得をせぬことになる。そう思うて和尚は身を挺《てい》して殿に意見をしたのだ。こうなったらおまえに助けてもらうほかない」

右近は腕組みをすると、

「うーん……殿は私を罰したお方ですからねえ、お助けする気にはなりません」

「殿も、あとで吊り天井についてのおまえの功を知り、早まったことをしたと後悔なされたが、一度下した裁きを変えることは領主の体面《たいめん》としてできなかったようだ」

「そんな勝手な言い分……」

「殿を助けるとは思わずともよい。万泉和尚のためではないか」

「そうですねえ……。たしかに襖絵の一件のときはお世話になりましたが、あのせいで私は投獄され、勘当になり、こんな船に住んでいます」

「小夜姫さまの父親を助けることになるのだぞ」

「………」

「それに、金をやる。仕事だと思えばよかろう」

「まことですか」

「ああ、ここに五両ある。これでどうだ」

「いただきます！」

右近はその金をすばやくひったくり、ふところに入れた。

「しばらく案を練ります。なにか思いついたら、またお知らせします」

「なるべく早く頼む。一揆が起きてからでは手遅れだぞ」

「わかってます、わかってます」

「では、わしは帰る。くれぐれもよろしく頼む」

なんども念押しをして蚊取は帰っていった。右近は久しぶりの収入にほくほくしながら、残りの酒を飲んだ。

（これだけあったら、こんな安酒、ちびちび飲まなくても、もっといい酒をたっぷり飲めるな。蚊取さま、ええときに来てくれたものだ……）

しかし、今のところ木の葉を沈め、石を泳がせ、川を逆流させる術はなにも思いついていないのだ。右近はしばらく考えていたが、

「よし……」

立ち上がると、船を出た。一時的に雨は上がっており、夕焼けがまぶしかった。土手を歩きながら土佐堀川の水面《みなも》を見つめる。大川《おおかわ》から分かれた流れが湾に向かって注いでいる。水量も多く、多くの船が行き交《か》うこの川が、逆に流れるとはとても考えられなかった。仁王を何人も呼んできて、巨大な板で下流から上流に水を押し返させても、おそらく流れは止められまい。

水底をのぞき込む。たくさんの木の葉が沈んでいる。

「なんだ……木の葉は沈むのか！」

拍子抜けした。なるほど、木の葉は水を吸って重くなると沈んでしまう。これで、いきなり問題がひとつ解決した。

（ということは、石もじつは泳ぐんじゃないかな……？）

しゃがんで石を拾い、川に放り込んでみる。どぶん、という音とともにもちろん沈んでしまう。いくらやっても同じだ。今度は水面を這《は》わせるように投げてみる。投げるときに指で回転を加えると、水面で何度か跳ねて遠くまで飛ぶ。「水切り」とか「石切り」とかいう子どもの遊びだ。三度ぐらい跳ねたら、そこで沈んでしまう。しかし、やっているうちにコツがわかってきて、かなり飛距離が稼げるようになった。

（向こう岸まで届くかも……）

とはいっても、たとえ向こう岸まで届いたとしてもそれは「石が泳いだ」ことにはならないのではないか。

（石は泳がない……あたりまえだな）

ほかのやり方を考えねばならない。最後の一投のつもりで右近は大きく振りかぶった。すると、手が滑って、石は明後日《あさって》の方向……橋のうえに向かって飛んでいった。

「痛っ……！　だれじゃ、石放ったのは！」

怒声が飛んできた。右近があわてて橋に向かうと、ひとりの男が頭を押さえて倒れていた。右近と同様、擦り切れた着物を着て、へろへろな帯を締めている。頭のてっぺんを剃り、まわりを伸ばしているので、河童《かっぱ》のように見える。

「痛あ……痛あ……頭の骨が折れてしもた！　血だらけや！　死ぬ！」

「いやあ……そんなに強うは投げてないと思いますけど」

「なに言うとんねん。やられた本人がそう言うとるんやから間違いない」

右近はその男の手をどけてみたが、血は一滴も出ていないようだった。

「血、ありませんね」

「ないか……？　はあっ、ありがたい」

そう応えた男の声に聞き覚えがあった。

「おまえ、ありがた屋の与市兵衛《よいちべえ》じゃないか？」

「わが名を知ったるそのほうは……」

芝居がかった返事に、

「私だ、白鷺右近だ」

「あーっ！」

男は満面の笑みを浮かべ、

「えへっへ……へっへっへっ……牢屋以来やのう」

それは、右近の顔見知りの男だった。牢屋で知り合いになったのだ。与市兵衛は、小悪党だった。脅し、騙《かた》り、かっぱらい、盗人《ぬすっと》、掏摸《すり》、寸借詐欺など、およそ悪事ならばひと殺し以外なんでもする。そのくせひと懐《なつ》っこく、好奇心旺盛で、知り合いも多く、役に立つ人物である。なにかあると「はあっ、ありがたい」というのが口癖だ。

「わしは生まれついての風来坊《ふうらいぼう》やが……右近、岸和田のお殿さんに仕えとったおまえがこんなとこでなにしとるのや。それに、そのよれよれの恰好《かっこう》……侍は辞めたんか？」

「あの一件で勘当された。今は大坂でふらふらしてる。——そうだ、与市兵衛、ちょっと手伝ってもらいたいことがあるんだ」

「ほう……」

と言いながら与市兵衛は手のひらを右近に向けて差し出した。

「なんや、これは」

「ほかならぬ右《う》ーやんの頼みやさかいなんでもするけど、タダではなあ……」

右近は苦笑した。与市兵衛が「金で動く」男であることを思い出したのだ。右近はふところから一両取り出して、その手のひらに載せた。

「えーっ！　えーっ！　えーっ！　なんやこれは！　右ーやん、おまえ、えらい金回りがええやないか！」

「しーっ！　静かに。それぐらいたいへんな仕事だ、ということだ」

与市兵衛は一両をふところにしまうと、満面の笑みを近づけてきて、

「はあっ、ありがたい。手元不如意《ふにょい》の折りから、これは助かるわ。さぞかしどえらい悪事やろな。どこの土蔵を破るのや？」

「アホか。そんなことしたらまた牢屋に逆戻りだ」

右近は、蚊取からの依頼をざっと説明した。

「けど、川を逆さに流すやなんてそんなことできるわけないがな」

「ふつうに考えたらそうだな。――だれか、『水』を操ることに長《た》けたひとを知らないか」

「水か……水、水……」

ありがた屋与市兵衛はしばらく考えていたが、

「おる」

「えっ、いるか」

「天満《てんま》の『繁華亭《はんかてい》』ゆう寄席《よせ》に南蛮手妻《てづま》の女芸人が出とるのやが、水芸《みずげい》が達者やゆうて評判になっとる。色もの席やけど、落語や講釈の小屋が食われるほどの人気らしい。たしか霧雨紺太《きりさめこんだ》夫《ゆう》とかいう名前やったと思う。水芸の名人やさかい、水を操るのはお手のものやろ。いっぺんきいてみたらどや」

「なるほど。いいこと教えてもらった。じゃあ、今から繁華亭へ行こう」

ふたりは連れ立って天満へと向かった。繁華亭は天満宮《てんまんぐう》の境内にある小さな寄席小屋である。すでに提灯《ちょうちん》には明かりが入り、高い台のうえに座った男が客を呼び込んでいる。

「紺太夫の出番はまだですか？」

右近がたずねると、

「紺太夫が目当てかいな。ええときに来なはった。ちょうど今から出番や」

右近はふたり分の木戸銭を払い、札《ふだ》をもらってなかに入った。履きものを下足番に預け、後ろの隅のほうに座ってしばらく待っていると、三味線《しゃみせん》がにぎやかに掻き鳴らされ、あでやかに着飾った女が舞台の中央に現れた。

「待ってました、お紺《こん》ちゃん！」

「今日もびっしょり濡らしてや！」

「着替えも持ってきとるから遠慮はいらんで！」

かぶりつきに座った常連らしい客たちがさかんに声をかける。紺太夫はにっこり笑って深々一礼し、顔を上げた。与市兵衛が、

「うわあ、なかなかの別嬪《べっぴん》やがな。こら、ええわ」

なにが「ええ」のかよくわからない。紺太夫が、

「えいっ」

と気合いを入れると、右手の先から水がうえに向かって噴き出した。かなりの勢いである。

「えいっ」

もう一度気合いをかけると今度は左手からも水が噴き出す。扇子を持つと、扇子の先からも水が出る。腰に差していた小刀を抜くと、その切っ先からも水が噴き出す。

「どういう仕掛けになっとるのや」

与市兵衛は目を白黒させている。三味線がだんだん激しくなっていき、常連たちの喝采もひときわ高まる。

「ええぞ、ええぞ、もっとやれ！」

真ん中に座っていた客が叫んだ途端、

「ええいっ！」

気合いとともにその客が横に置いていた湯呑みのなかからも水が噴き上がった。右近が小声で与市兵衛に、

「あれは、身体のなかに水を仕込んだ革袋かなにかをたくさん入れてあって、それを押してるのかな」

「けど、客の湯呑みからも水が出たやないか」

「あの客はたぶんサクラでしょう」

そのとき、紺太夫が扇の先を右近のほうに向け、

「えい、やあっ！」

右近のまえにあった火鉢から水が天井まで高々と上がった。さすがの右近もこれには仰天したが、つぎの瞬間、その水を頭から浴び、びしょ濡れになってしまった。客席は大笑いである。

紺太夫は右近に向かって艶然と会釈した。与市兵衛が、

「おい、どうなっとるのや」

「わからん……」

右近は情けなさそうな声で言った。

やがて、南蛮手妻は終了し、紺太夫はやんやの声を浴びながら舞台から引っ込んだ。手ぬぐいで頭と衣服を拭きながら右近が立ち上がろうとしたので与市兵衛が、

「右ーやん、つぎの噺家《はなしか》、観《み》ていかへんのか。なかなか面白そうやで」

「馬鹿、なにしに来たか思い出せ」

「あ、そやった」

ふたりは寄席を出ると、裏に回った。長い床几《しょうぎ》が数台置いてあり、その周囲が葭簀《よしず》で囲われて、簡便な楽屋のようになっている。出番を終えた紺太夫は、舞台衣装のままそこに座って

いたが、右近に気づくと、ちょっと険のある顔になり、

「なんです、お客さん。あたしの芸を見破った、みたいな言葉が聞こえたのでちょいとからかっただけ。なにか文句があるんですか」

右近は興奮した様子で、

「いや、あなたの芸はすばらしい。感心しました。水をあそこまで操れる、というのはすごいです」

「あ……それはそれはありがとうございます。水芸のほかにもいろいろと南蛮の手妻を心得ておりますので、どうぞこれからもご贔屓《ひいき》に」

「そこで、あなたに頼みがあるんです。私は、白鷺右近という元侍なんですが、あるなりゆきで、木の葉を沈めて石を泳がせ、川を逆さに流さないといけないことになったんです。どうしたらいいかわからないので、知恵を貸していただけませんか」

「え？　え？　川を逆さに流す？　そんなことできるわけないだろ」

「あなたは南蛮手妻師です。本当に逆さに流さなくてもいいのです。あるひとだけにそう見えたらそれでいい。詳しいことを説明したいから、今から来ていただけませんか」

「あの……お客さん、私もいろいろ忙しい身体でねえ……」

「知恵を貸してくれたら、これを……」

右近は一両を取り出し、紺太夫の手に載せた。

「一両……！」

「そうです。私がしくじったら、気骨のあるひとりの坊さんが死ぬことになるんです」

紺太夫は少し考えていたが、

「わかりました。なんか面白そうな話だね。あたしで間に合うかどうかわからないけど、話は聞いてあげるよ。でも、そう上手く右近さんの役に立てるような知恵をひねり出せるかどうかはわからないよ」

「かまいません。今は藁《わら》にもすがりたい気持ちなんです。たとえそうなっても、一両はあんたのものですから。——さ、行きましょう」

右近は紺太夫の手を引っ張った。

「ちょ、ちょっと待っとくれ。あたしゃまだ舞台衣装のままなんだ。着替えてくるからちょっとだけ待っとくれ」

そう言って、紺太夫は奥に入っていった。

◇

紺太夫は、屋形船のなかの住まいを物珍しそうに見渡した。

「川のなかに住んでるなら、あたしなんかよりずっと水に詳しいんじゃないかねえ」

「ところがどっこい、からきしダメなんです」

そう言いながら、女性をどうもてなしてよいのかわからぬ右近が湯呑みに酒を注《つ》いで出そうとすると与市兵衛が、

「なにしとんのや、若い女子《おなご》に酒なんぞ出すやつがあるかい」

すると紺太夫は、

「いーえ、いただきますよ。じつはあたしはお酒に目がないほうでござんして」

そして、きゅーっとひと息に飲み干すと、

「ああ、美味《おい》しい。屋形船のなかだけに、お大尽《だいじん》遊びをしている気分だねえ」

あからさまなお世辞に右近は苦笑《にがわら》いしたあと、自分もちびちび飲みながら岸和田岡部家で起きている一件について話した。

「なるほど……そういうことかい」

紺太夫は半《なか》ば困り果て、半ば面白がっているような表情になった。

「木の葉は放っておいても沈む。けど、石は泳がないからなあ……」

右近が言うと紺太夫が悪戯《いたずら》っぽい目になって、

「右近の旦那、こういうのはどうだい？　お殿様が納得なさるかどうかわからないけどさ……」

そう前置きして、ある思いつきを披露した。右近は大きくうなずいて、

「それだ。やっぱり紺太夫さんに相談してよかった。石はそれでいきます」

「けど、川を逆さに流す工夫はあたしにも思いつきません」

「手妻でもできませんか」

「よほど大がかりな仕掛けを組めば、できないこともないかもしれないけど、とんでもないお金と日数がかかると思うよ」

右近が、

「海に近い川の川口《かわぐち》あたりだと、潮が満ちたときに海の水が川を逆さまに流れることがあるらしいけど……本当に逆に流れなくても、ほんの一時、殿にだけそう見えたらいいんですけ

ど……」

三人は酒を飲みながらしばし考え込んだが、そう急によい思案が出てくるはずもない。

「まあ、今日は紺太夫さんとお知り合いになれた祝いに、飲みましょう」

「お紺と呼んどくれ。あたしも面白いお方とお近づきになれてうれしい。明日は寄席はお休みだから、いくらでもお付き合いしますよ」

与市兵衛がむすっとして、

「わしはどうやねん」

「ははは……もちろん牢屋仲間の与市兵衛と久々会えた祝いも兼ねてるよ」

「それやったらええわ。飲も飲も。はあっ、ありがたい」

三人は船のなかで痛飲した。一升が二升になり、三升になり、そして……。

障子の隙間から差し込む朝の陽《ひ》ざしで右近は目覚めた。

（痛てて……）

飲みすぎてやや二日酔いのようである。上半身を斜めに起こし、かたわらを見ると、霧雨紺太夫とありがた屋与市兵衛は床でごろ寝をしている。右近はそのままの姿勢で障子を開け放った。朝もやに煙る川面《かわも》に目をやり、

（これが逆さに流れてくれればいいんだけど……）

そんなことを思いながら、向こう岸の松並木を遠望したとき、

（あれ……？）

目をこすった。

土佐堀川が逆さに流れていたのだ。

◇

蚊取源五郎は屋敷の窓から表を見つめながら、凶報と吉報、ふたつの報せを待っていた。そのどちらが先に届くかで岡部家の将来が決まるのだ。凶報のほうは、百姓衆がついに一揆を起こした、というもので、領内の様子を見ているかぎりでは今日にでも現実になりそうだった。吉報のほうは、白鷺右近からのもので、これは当てにはできぬ。

「申し上げます」

家士のひとりが言った。

(来たか……)

蚊取は覚悟を決めた。

「なんだ」

「白鷺右近殿、ご中老さまにお目にかかりたいと参っております。いかがはからいましょうや」

蚊取は顔を輝かせ、

「すぐ、これに通せ!」

やがて現れた右近に、

「できたか」

「おそらくは。——ですが、少々手間がかかります。ご城下の黒鍬《くろくわ》の衆(土木作業員)と植木職たちを集めていただけますか」

「それはよいが……なにをするつもりだ」

「お耳を拝借」

右近は蚊取に近づき、なにごとかをささやいた。

「なるほど！　それはよい。さっそく取り掛からせよう。――で、おまえはなにをするのだ」

「亀を釣りにいってきます」

右近はそう言った。

◇

岡部美濃守は朝から酒を飲んでいた。気が晴れぬのだ。今年もまた米の出来が悪いという。年貢を減らしてほしい、という百姓たちの嘆願についても知っている。しかし、年貢というのは不作でも豊作でも毎年同じにしなければならないのだ。米を大坂の蔵屋敷に運んで金に換え、それによって大名家の財政は成り立っている。不作だからといって年貢を減免していては、国を維持することができない。取り立てを厳しくするほかないではないか。

（領民は領主の命令を聞くものだ。領民が領主に命令する……これは逆さまごとだ。あの坊主、余に意見とは片腹痛いわ。わが領内では逆さまごとが横行している、木の葉が沈んで石が泳ぎ、川の水が下流から上流に向かって流れている、と抜かしよった。もし、まことにそのようなことがあるならば、余も百姓どもの申し分を聞いてやるわい……）

鬱々《うつうつ》とするとき、酒は発散しない。飲めば飲むほど陰気になっていく。かれこれ一升ほど飲んだころ、

「殿、ご中老蚊取源五郎殿からのご伝言にございます。二の丸に渡る橋のうえまでご足労願い

たいとのこと」

用人《ようにん》のひとりがそう言った。

「なにがあるのだ。余は酔うておる」

用人は首を傾げると、

「なんでも、その……木の葉が沈んで石が泳いでいるとか……」

「なに？」

美濃守は立ち上がったが、足がふらついた。小姓が支えようとすると、

「かまわぬ。——参るぞ」

美濃守は居間を出ると、廊下をのしのしと早足で歩いた。小姓たちがあわててそのあとを追う。本丸から出て、二の丸に続く橋に差し掛かると、蚊取源五郎が橋のうえから堀をのぞき込んでいる。

「蚊取、木の葉が沈んで石が泳いでいると申すか」

「ははっ、さようでござります」

「嘘だったら許さぬぞ」

美濃守は蚊取と並んで内堀を見下ろした。

「ご覧くだされ。赤く色づいた紅葉《もみじ》がたくさん沈んでおりまする」

美濃守は拍子抜けした。たしかに紅葉の葉が水面を覆っているが、そのうちの一部は堀の底にも沈んでいる。赤いので橋のうえからもよくわかった。

「木の葉が沈むのはわかった。だが、石はどこに泳いでおる」

「あれでございます」

蚊取は橋脚のあたりを指差した。その瞬間を狙いすましたように現れた大小十個ほどの平たい石が、列を組んで水面を泳ぎ出した。美濃守は酔いでかすんだ目をぱちくりさせていたが、石のうちのひとつが途中でひっくり返り、じたばたもがいたあと、ふたたびもとに戻って泳ぎを再開した。

「な、なんだ、あれは……。亀ではないか。亀の甲羅のうえに平石をくくりつけておるのだろう。余を馬鹿にしておるのか！　亀は亀だ。石ではない」

「石亀、と申しますからな」

蚊取はうそぶいた。

「たわけめ！　かかる小児《しょうに》じみた頓智で余をたぶらかすとは……ははあん、わかった。このようなことを企むのはあやつしかおらぬ。白鷺右近の仕業であろう！」

「ご明察」

「許せぬ。此度は入牢では済まさぬ。切腹させてやる」

「殿、右近はすでに当家を離れ、今は士分を捨てて町人になっております。殿の家臣ではないゆえ、ご命令には従わぬと存じまする」

「くそっ、あやつめ……！」

「じつはその右近が、殿を城下のうさぎ川《がわ》にて待っておりまする」

「そのような川、余は知らぬぞ」

「取るに足らぬ小川でございますが、この川が逆さに流れるとか」

「まことであろうのう。もう石亀程度ではだまされぬぞ」

「此度は大丈夫かと。——川はいつ逆流するかわからぬとのこと。それがしもお供しますゆえ、美味《うま》い酒と美味い肴をたずさえて参りましょう。飲みながら、そのときを待つのでござる」

「それはよいのう」

美濃守は舌なめずりをした。

◇

うさぎ川は岸和田城から南に向かう紀州《きしゅう》街道に沿って流れる小川だった。駕籠《かご》に乗って到着した美濃守は周囲の様子をひととおり眺めてみた。とくになにもない。街道に沿って杉並木が続き、東側には田畑が広がる、なんのことはない田舎《いなか》の景色だ。

「この川が逆さに流れると申すか」

「御意」

蚊取はそう言った。

「右近はいずれにおる」

「そのうちに参りましょう」

蚊取は小川の近くに毛氈《もうせん》を敷き、そのうえに床几を置いて美濃守をそこに座らせた。百姓たちが畑を耕している。馬を引いた馬方《うまかた》が荷物を運んでいる。子どもたちが赤とんぼを追いかけている。豪華な弁当を広げ、朱塗りの盃《さかずき》に酒を注いで美濃守にすすめながら、

「なんとものどかでよき景色ではございませぬか。これも殿のご仁政が領内にあまねく行き渡っておるがため。わが岡部家は安泰にござりますなあ」

「皮肉を申すな。酒がまずうなる」

「これは失敬」

のんびりした光景を見ながらの酒宴に、美濃守の心は次第にくつろいでいった。城で飲んだ分も入れるとかなりの量を飲んだ美濃守は欠伸をすると、

「余は眠うなった。しばらく仮眠をとるゆえ、川が逆さに流れたら起こしてくれい」

「承知いたしました。枕もこれにござります。ごゆっくりお休みを……」

美濃守はうなずき、横になると、すぐにいびきをかいて寝てしまった。蚊取の合図で、杉木立の後ろから右近と与市兵衛が現れた。三人は、美濃守を起こさぬようそっと担ぎ上げると、駕籠に乗せた。右近と与市兵衛は先棒と後棒になり、そのままゆっくりゆっくりと歩きはじめた。

◇

「殿……殿、お目覚めくだされ」

蚊取の言葉に、美濃守はうっすらと目を開け、大きく伸びをした。

「よう寝たわい。――して、川はどうなった」

「ご覧なされませ」

蚊取は美濃守の半身を起こし、その背中を斜めに支えた。杉並木が目のまえにあり、小川の流れる音がする。さっきと変わりのない光景だ。だが……どこかおかしい。美濃守はハッと気づいた。川が下流から上流へと流れているではないか。何度も見直したが、水の流れは低いほうから高いほうへと向かっている。

「こ、これは……」

「逆さまごとでござりまする。今のご領内はまさに木の葉が沈んで石が泳ぎ、川が逆さに流れるありさま……」

美濃守はわなわなと震えながら、

「わ、わかった。余が間違うていた。政が正しからぬゆえ、かかる逆さまごとも起こるのだ。百姓どもに領主が教えられることもあり得よう。今年は夫役《ぶやく》を免じ、年貢を三分の一にし、納期も延ばすとしよう」

その途端、あちこちから歓声が聞こえた。領民たちが身を潜《ひそ》め、じっと耳をそばだてていたらしい。

「万泉和尚はいかがなされます」

「もちろん差し許す」

「では、急ぎお城に戻りましょう。冷え込んでまいりました。お昼寝のせいでお風邪を召されるといけませぬ」

蚊取は美濃守を急き立てるようにして駕籠に押し込め、

「では、出立！」

駕籠が行ってしまったあと、ふたたび現れた右近と与市兵衛、それに紺太夫の三人は安堵《あんど》の表情を浮かべていた。右近が、

「バレなかったなあ」

与市兵衛が、

「冷や冷やしたけど、酔うてたさかいうまいこと運んだわ」

右近の考えた仕掛けはこうだった。小川に沿って杉並木が続いている。その一部の区間だけ、下流に向かって傾いた状態に杉を植え替えるのだ。それも、同じ方向に、同じ角度で。ふたりは美濃守の駕籠を、杉を斜めに植えた場所に運んだのである。杉というものは天に向かって真っすぐ伸びる、という思い込みがあるから、見たものは杉は斜めではなく垂直に生えていると思う。寝た姿勢から蚊取が美濃守をその杉と同じ角度に支えると、美濃守は自分が斜めになっていると思わず、杉の指し示す角度が垂直だと思ってしまう。そのため、本当は水平に流れている川が、低いほうから高いほうに逆流しているように錯覚するのだ。もちろん長いあいだ見ていたり、立ち上がったりするとバレてしまうが、しばらくのあいだなら通用する。これは、酔っぱらって寝たあと、目が覚めて起き上がろうと上半身を斜めにしたとき、土佐堀川の河岸に生えていた松並木の角度と右近の角度がたまたま一致したために一瞬起きた錯覚をもとに思いついたのだ。

日本中に「逆さ坂」や「逆さ川」と呼ばれる場所がある。坂ならば、低みから高みに向かってものが転がる。川ならば低みから高みに向かって水が流れる。もちろんそう見える、というだけだ。これらのほとんどは坂や川に沿って松並木や杉並木が同じ角度で斜めに生えていて、通るひとが「木というものは地面と垂直に生えている」という思い込みにより、坂や川のほうが本来とはちがっているように感じる、という「錯視」である。右近は、それを人工的に作り出したのだ。

紺太夫が、

「けどさ、あの中老さま、なかなかいいお方だねえ。万泉とかいうその坊さんのために走り回ってさ」

右近は、

「そんなことはないです。おのれが蒔《ま》いた種はおのれが刈り取るのが筋合いなのに、その役を私に押し付けました」

「どういうこと？」

「なんとかして殿をおいさめしたいけど、自分が言い出すと火に油を注ぐことになりかねない。そこで、殿の覚えめでたき仙光寺の住職に頼んで、強意見《こわいけん》してもらうことにしたんです。うまくいかなかったときはどうするつもりだったのかきいたら、『どんななんぎでもおまえに頼めばなんとかなる、と思うた』とか言ってました。五両では安いです」

与市兵衛が、

「なかなかの食わせもんやな」

「私が此度の案を口にしたら、おまえはすごい、鷺を烏と言いくるめる才がある、それを仕事にしたらどうだ……と言われました。馬鹿馬鹿しい！　そんなこと仕事にできるわけがない！」

紺太夫と与市兵衛は顔を見合わせて、

「できる……と思う」

かくして右近は屋形船のまえに「ご無理ごもっとも始末処《どころ》」という看板を掲げ、白鷺烏近《うこん》と名乗ることになったのである。

人魚の肉を手に入れろ

大坂《おおさか》は俗に八百八橋《はっぴゃくやばし》といわれるほど橋が多い。東横堀《ひがしよこぼり》、西横堀《にしよこぼり》、土佐堀《とさぼり》、長堀《ながほり》、道頓堀《どうとんぼり》……など町の縦横に堀があるためだが、その橋の多くは「町橋《まちばし》」、つまり、町人たちが移動の便や商売のために自費で架けたもので、江戸とちがって「公儀橋《こうぎばし》」はほとんどなかった。なかでも名高いのは、豪商淀屋辰五郎《よどやたつごろう》が米市《こめいち》の立つ中之島《なかのしま》に渡るためにおのれ一人《いちにん》の金で作った淀屋橋《ばし》である。

その淀屋橋のうえを、ひとりの町人が歩いている。歳《とし》は二十五、六。長半纏《ながばんてん》に紺色の腹掛けという職人風のこしらえだ。細い髷《まげ》をいなせに結《ゆ》い、月代《さかやき》もきれいに剃《そ》り上げている。その向こうから、町奉行所の役人らしい武士が小者《こもの》をふたり連れてやってきた。額が突き出し、目は金壺《かなつぼ》まなこ、鼻の下にちょび髭《ひげ》を生やし、口はアンコウのように大きい。ひと目見たら忘れられない顔つきである。胸を反《そ》り返らせ、便々《べんべん》たる腹を突き出し、

「寄れい！」

と威張《いば》り散らしている。町人たちは彼に気づくと道を空ける。しかし、職人風の男は気づかない。

「寄れい！　これ、寄れと申すに！」

武士もかたくなに道を譲らず、とうとう橋の真ん中でぶつかりそうになった。町人は直前に気づき、あわてて飛びのこうとしたが、武士の足を踏みそうになった。

「なにをする、無礼者め！」

「ああ、こりゃあすまねえ」

「わしをだれだと思うておる。西町《にしまち》奉行所定町廻《じょうまちまわ》り役同心村野勝之進《むらのかつのしん》だ」

「へええ、町方《まちかた》のお役人かい」

「足の甲が痛む。怪我《けが》をしたようだ」

「そんなこたぁねえだろう。俺《おら》ぁ踏んじゃいねえぜ」

「いいや、踏んだ」

村野は右手を差し出した。

「なんでえ、この手は」

「医者に行かねばならぬ。薬代を寄越《よこ》せ」

職人風の男は肩をすくめ、

「町人をゆする気かい？　なんだ、役人と思ってたらごろんぼうかよ」

小者のひとりが男に、

「このおひとは『くどくど勝之進』ゆうて、とにかくしつこおてくどいんや。なんぼか出したほうがおたがいのためやと思うで」

「へへへ……あいにくと持ち合わせがなくってね。まあ、あっても払わねえが」

小者の言うのは本当だった。それから村野はくどくどと金を要求しはじめた。自分は貴様に足を踏まれ、医者に行かねばならないから薬代を出せ……とひたすら同じことを繰り返す。男が呆《あき》れて立ち去ろうとすると、十手《じって》を突きつけてそれを阻《はば》む。急いでいるものや用事があるものはたまりかねて、心ならずも金を出してしまうだろう。

（このやり方で、これまでもずっと町人から金をせびってたんだろうなあ。さいわい俺ぁ暇だから最後まで付き合ってやるか……）

とうとう男は村野に背を向け、欄干《らんかん》にもたれて川を見はじめた。眼下の土佐堀川《がわ》に一艘《いっそう》の屋《や》形船《かたぶね》がもやってあるのが見えた。男は大欠伸《おおあくび》をすると、なにかをふところから取り出し、欄干に向かってなにやらしはじめた。村野はそのあとも執拗《しつよう》に「くどくど」を続けていたが、男が川のほうを向いていることに気づき、

「おい、聞いているのか！」

男は振り返った。その手には一本のノミが握られていた。村野はぎょっとして後ずさりし、

「な、な、なんだ、貴様」

「ビビるねえ。こいつぁ俺の商売道具だ。おめえの長口上《ながこうじょう》に飽き飽きしたんで、ちいと欄干に悪戯《いたずら》してただけよ」

「うるさい！　やるつもりなら、わしも容赦はせぬぞ」

村野はそう言いながら刀の柄《つか》に手をかけたが、その指が震えている。

「抜くってえのかい？　いいともさ、相手になってやるぜ。てめえらは斬り捨てご免だろうが、こちとらあ命がけだ。さあ、どっからでもかかってきやがれ！」

男の啖呵《たんか》を聞いて野次馬たちが集まってきた。

「あれ、西町の『くどくど』とちがうか？」

「おもろそうやな。見物していこ」

蒼白《そうはく》になった村野は刀の柄から手を放し、

「やめておこう。虫けら同様の町人の命を奪ったとて後生《ごしょう》にさわるだけだ。此度《こたび》だけは助けてつかわすゆえ、どこへでも立ち去れい」

「腰抜けめ。じゃあ、俺ぁ行くけどよ、逃げも隠れもしねえ。俺ぁ瀬戸物町《せとものちょう》四郎兵衛店《しろべえだな》、面《めん》屋《や》の甚五郎《じんごろう》てえんだ。いつでも相手になってやるぜ」

町人は皮肉な笑いを浮かべ、ふらり……と橋を渡っていった。村野勝之進はきりきりと歯嚙《はが》みをして、

「なんだ、あやつは！　お上《かみ》をなんと心得ておる」

小者のひとりが、

「口調からして江戸のもんだっしゃろ。旦那のいつもの『くどくど』も江戸っ子には通じまへんでしたな。お気の毒……」

「だまれ！」

そのときもうひとりの小者が、

「旦那……これを見とくなはれ！」

そう叫んで欄干を指差した。なにかが彫られている。ひとの顔らしい。近寄った村野はみるみる赤くなった。その彫刻は、額が突き出し、目は金壺まなこ、ちょび髭に大口……とまさに村野に瓜二つ《うりふた》であった。小者ふたりが腹を抱えて、

「ぷははーっ！　そっくりや！　よう似てますわ」

「しっかし、今のやつ、短いあいだにこれだけのものを彫るやなんて名人やなあ……」

それを聞いた見物人たちが、我々にも見せろ……と押し寄せてきたので村野は十手を振り回し、

「来るでない！　見てはならぬ！　あっちへ行け！　行けと申すに！」

野次馬のなかからひとりの男が進み出た。頭のてっぺんを剃り、そのまわりを長く伸ばしている河童《かっぱ》のような男で、ぼろのような着物にへろへろの帯を締めている。男は欄干の彫刻と村野の顔を交互に見比べ、

「はあっ、ありがたい！　こら、ええ目の保養や」

ありがた屋の与市兵衛《よいちべえ》である。

「貴様、向こうへ行かぬと牢《ろう》にぶちこむぞ。――おい、おまえたち、鉋《かんな》を持ってきてこの顔を削り取れ！　早《はよ》うせぬかあっ！」

村野が橋のうえで大声を上げているのと同じころ、橋の下の土手ではべつの話が進んでいた。桃の花が川面《かわも》にはらはらと散った。

「おい、佐兵衛《さへえ》……」

商家の主人のような男が桃の木を見上げ、

「もうじきひな祭りやが、於染《おそめ》が生まれたときにわしが買《こ》うてやったひな人形、今年も蔵にしもうたままやろなあ」

「しょうがおまへんわ」

「いつかまた飾れる日がくるやろか」

そのとき、どぼん、という音が聞こえた。主《あるじ》風の男は土佐堀川を見やると、

「今、あそこに跳ねた大きな魚を見たか。尾が長《なご》うて、ウロコが銀色で……まるで人魚のようやったやないか」

番頭風の男が、

「あははは……旦《だん》さん、あれはスズキだすわ。食うたら美味《うま》いけど、寿命は延びまへん。――おお……旦さん、あれでおます！　ほれ、歩み板の手前に『ご無理ごもっとも始末処《どころ》　いかなる難題も引き受けます　一件につき三十両　白鷺烏近《しらさぎうこん》』ゆう看板が立っとりますがな」

男は橋のたもとを指差した。一艘の屋形船がもやってある。しかし、もやい綱をその辺の棒杭《ぼうぐい》に巻きつけてあるのではなく、船の前後左右の川中に太い杭を打ち込み、それと船を丈夫な綱でしっかりつないであるのだ。これなら流される心配はない。

「ほんまや。やっと見つかったか。ほな、佐兵衛、あの屋形船のなかにその烏近とかいう男がおるのやな」

佐兵衛と呼ばれた男の後ろに立ち、商家の主風の男は中腰で川をのぞき込んだ。佐兵衛は苦笑《にがわら》いを浮かべ、

「屋形船ゆうたらえらい風流に聞こえますけど、見とくなはれ旦さん、屋根に穴が開いたのを

板でふさいでおますわ。障子《しょうじ》もほとんどが破れかけや」

「水のうえに住んどるやなんてよほどの風流人か変人やろ。そんなやつに頼んで、大丈夫かいな。しかも三十両とは法外やないか……」

「ここまで来たら、行かなしょうがおまへんわ」

「そやなあ。藁《わら》にもすがるとはこのことやからな」

佐兵衛は先に立って土手を下り、歩み板を渡ると船に乗り移った。もうひとりの男もこわごわ板に足を置いたが、上体がぐらりとゆらいだ。佐兵衛は手を伸ばして男の腕をつかみ、

「旦さん、大事おまへんか」

「すまん……どうも近頃、身体《からだ》がふらつくのや」

そう言うと佐兵衛のあとにこわごわついていく。

「もうし、白鷺烏近さんのお住まいはこちらでおますか。もうし……」

佐兵衛が声をかけると、

「そうですけど……」

なかから応《いら》えがあった。

「入ってもよろしいやろか」

「なんの用です」

ふたりは顔を見合わせたあと、ふたたび佐兵衛が、

「あの……ここはどんな無理難題でも解決してくれる、と聞いてお願いに参上しましたのやが……」

「お客さんですか。まあ、入ってください」

佐兵衛がもうひとりの男に、

「商売っ気のない御仁《ごじん》のようだすな」

と小声でつぶやき、入り口をくぐった。そのとき波のせいで船ががぶり、もうひとりの男は倒れそうになって思わず障子の桟《さん》をつかんだ。ベキッ、と音がして、桟が折れた。

「困るなあ……。このまえ折れたところです。割り箸《ばし》で修繕してあったのに……」

「す、すんまへん」

「そのへんに適当に座ってください」

ふたりは床に転がっている徳利《とくり》やスルメの切れ端、ナスビのへたなどをどけると、気持ち悪そうに腰を下ろした。佐兵衛は頭を下げたが、大店《おおだな》の主風の男はそのままだ。佐兵衛は、

「こちらは八幡筋《はちまんすじ》で菜種問屋《なたねどんや》を営む大壺屋利左衛門《おおつぼやりさえもん》、わてはそこの番頭をさせてもろとります佐兵衛と申します。よろしゅうお願いいたします。我々の頼みというのは……」

と言いかけると利左衛門が佐兵衛をさえぎり、

「最初にききたいのは、幾日でこちらの頼みを叶《かな》えてくれるのか、ということや。わしとしてはできるだけ早うしてもらえるとありがたいのやが……」

そういうと利左衛門は少し咳《せ》き込んだ。顔色も悪い。

「いや、頼みの中身によって手間はちがいますから、かかる日数《ひかず》も変わります。まずはどういうご依頼かをお聞かせいただきましょう。引き受けるかどうかはそれから、ということで……」

利左衛門が、

「いかなる難題も引き受ける、て書いてあったやないか。あれは嘘《うそ》か？」

「嘘ではありません。『ご無理ごもっとも始末処』の看板を揚げている以上、たいていはやらせてもらいますが、お断りすることもございます。それは……お上の法に触れることを頼まれたとき、神さま仏さまにしかできないことを頼まれたとき、もうひとつ……依頼人が私をだまそうとしたときです。そうでなければかならずお引き受けいたします」

利左衛門と佐兵衛は顔を見合わせた。

「もし、しくじったときは？」

「これまでしくじったことは一度もありません」

それは事実だった。なにしろこのふたりがはじめての依頼人なのだから。「無理難題の解決に三十両も払う」というもの好きはほとんどおらず、開業以来鳥近は芸子《げいこ》の恋文《こいぶみ》の代筆などで小銭を稼《かせ》いでいた。佐兵衛が咳払《せきばら》いをして、

「ほな、わてから申し上げます。じつは……肉が欲しいんだす」

「肉？　猪《しし》の肉か鹿の肉か鳥の肉かはたまた魚の肉か……」

「人魚の肉だす」

「にんぎょ……？　にんぎょ、てなんでしたっけ」

「あんた、人魚ご存じやおまへんか。顔が人間で身体が魚の……」

「ああ、やっぱりあれですか。でも、人魚なんてものが本当にいるんですか」

「ほんまにおるさかい、古来、人魚を見た、とか、獲《と》れたとかいう話がいろんな書物に載って

ますのやろ。近頃でも若狭《わかさ》で網にかかった、とか、越中《えっちゅう》の海に出没した、てなことが瓦版《かわらばん》に絵入りで載っとりました。大坂でも京町堀《きょうまちぼり》あたりで釣り上げられたことがあるとか……」

「へー、知りませんでした。河童とか天狗《てんぐ》とか龍《りゅう》みたいなもので、空言《そらごと》だと思ってました」

「河童や天狗も空言とはかぎりまへんで。異国には象とか麒麟《きりん》とか犀《さい》とか孔雀《くじゃく》とか膃肭臍《おっとせい》とか……変わった動物がいろいろとおるそうな。自分が見たことがない、ゆうだけで空言と決めつけるのはおかしいことおまへんか。人魚も河童も天狗も鬼も鳳凰《ほうおう》もどこかにおるかもしれん」

「そらまあそうかもしれませんね。——で、人魚の肉をどうしたいんです？」

「あるお方に差し上げて、食べていただこうと思いましてな」

「そんな気持ちの悪いものを、なんでまた？」

「あんた、なんにも知らんのやなあ。人魚の肉を食べると長生きしますのや」

佐兵衛によると、人魚の肉を食べて八百歳まで長生きした八百比丘尼《やおびくに》という尼僧の言い伝えが日本中にあるという。言い伝えの大半は似通った筋立てで、ある男が知り合いの家に招かれ豪奢《ごうしゃ》な接待を受ける。厠《かわや》へ立ったときに台所をのぞいた男は、料理人たちがまな板に載せたものを包丁で切ろうとしているのを見てしまった。それは、顔は人間、胴体は魚という「人魚」だった。驚いた男は何食わぬ顔で座敷に戻ったが、そこに皿に盛った魚の刺身らしきものが運び込まれた。男は満腹にかこつけて食べるのを拒んだ。家の主はしきりに、

「今日のいちばんのごちそうゆえ、ひと箸だけでも……」

とすすめたが、男はかたくなに辞退した。主は、その刺身を土産《みやげ》に包ませ、男に持たせた。男は、帰宅したら捨ててしまうつもりで、その包みを持って帰ったが、台所に放置しているあ

いだに小さい娘がそれを食べてしまった。男は驚いて咎《とが》めたが、娘にはなにごとも起こらず、男は安堵《あんど》した。

しかし、じつは娘に異変は起こっていたのだ。それから何十年経《た》っても娘は若いままだった。結婚しても相手は歳を取るのに娘は変わらない。相手が老いて亡くなると娘はその土地を去り、べつの場所でまた所帯を持つが、同じことの繰り返しである。とうとう八百歳の齢《よわい》を保ち、最後は洞窟に入って姿をくらましたという……。

「ほー、人魚の肉を食べると八百歳まで長生きできるんですか」

利左衛門があとを引き取って、

「八百比丘尼というのは、八百八橋とか八百八町とか嘘八百とか……語呂《ごろ》がええさかいそう呼んだのやろけど、長命になることは間違いないやろ。——なんとかあんたにこの人魚の肉を手に入れてもらいたいのや」

「うーん……そう言われても、人魚はどこにおるのやら。雑喉《ざこ》場《ば》に行っても売ってませんよね」

「あのな、魚屋で買えるぐらいなら、あんたに頼みやせん。日本中の海と川をまわって、人魚を探し出してくれ。うちの店が潰《つぶ》れるかどうかの瀬戸際《せとぎわ》なんや」

「どういうことです。その『あるお方』に人魚を食べさせないといけない理由《わけ》をおききしましょうか」

「それを言わなあかんか」

「はい。でないとお引き受けできません」

利左衛門はしきりに咳き込んだ。佐兵衛が、

「旦さん、大丈夫だすか」

利左衛門は胸をさすっていたが、烏近が差し出した水を飲んだあと、

「どうも身体の具合が悪うてな。微熱もあるし、夜中になると咳がとまらんのや……」

烏近は、

「あなたこそ人魚を食べたほうがいいんじゃないですか？」

利左衛門は苦笑いしたあと、事情を話しはじめた。

利左衛門は菜種問屋大壺屋の主である。菜種問屋というのは、油を搾《しぼ》る原料となる菜種を百姓から仕入れ、それを絞油屋《しぼりあぶらや》に売る商売だ。大壺屋は番頭、手代《てだい》、丁稚《でっち》に女子衆《おなごし》など使用人は全部で十二、三人ほどの小さな店《みせ》である。妻は亡くなり、家族は長男と長女のふたりである。

先祖代々受け継ぐ暖簾《のれん》を堅実に守ってきた利左衛門だが、数年まえ、ふと野心を起こした。その年、菜種がかなりの不作になる、ということを菜種農家から知らされた利左衛門は、先を見越して菜種油を買い占めた。一か八かの賭けだったが、利左衛門の読みが当たり、菜種油の値は天井知らずに高騰した。利左衛門は大金を手にし、同じころ長女於染の嫁ぎ先も決まって、まさに順風満帆《じゅんぷうまんぱん》……と思われたところへ、お上から「待った」がかかった。菜種や菜種油の買い占め、売り惜しみはまかりならん、というのだ。たしかにそういう旨《むね》を記したお触れ書きが元禄《げんろく》以来何度も出されてはいるが、従来はある程度大目《おおめ》に見られていた。しかし、新任の大坂町奉行は厳格だった。

大壺屋は得た利を吐き出さねばならなくなった。買い占めに当たっては大壺屋の手持ちの資金だけでは足りず、金貸しなどからかなりの額を高利で借りていたため、それが借銭《しやくせん》としてのしかかってきた。

「くどくど勝之進ゆう同心が、吟味《ぎんみ》がすむまで売り上げは一旦すべて預かるゆえ差し出すように、ゆうて全部持っていきよった。利子だけでもどえらい金額や。持ってた船も蔵も別業《べつぎよう》(別荘)もなにもかも手放したけどまるで足らん。こういうときに同業者ほど冷たいもんはないな。ざまあみろ、早う潰れろ……そんな目でしか見てないのがようわかった。まあ、わしもひとのことは言えんけど……」

一家で首をくくろうか、というとき、救いの手が差し伸べられた。船場《せんば》の油問屋由比浜《ゆいはま》屋の隠居重右衛門《じゆうえもん》が、借銭の一部を肩代わりしてやろう、と申し出たのだ。まさに地獄に仏であるが、条件があった。長女於染を妾《めかけ》に差し出せ、そうすれば、支度金《したくきん》として二千両、そして、月々の手当てとして五十両ずつを支給しよう、というのだ。

妾奉公というのは珍しいことではないが、於染はすでに婚儀が調《ととの》っている娘であり、重右衛門は七十七歳である。於染は泣き伏し、利左衛門も憤《いきどお》ったが、背に腹は替えられぬ。暖簾を守るため、利左衛門は於染の婚約を解消させ、重右衛門の妾とした。

「それはひどいなあ……」

烏近が漏らすと佐兵衛が、

「しかたおまへん。暖簾のためだすさかい……」

「暖簾かあ……暖簾ねえ……」

元武士の烏近にとっては暖簾などただの布切れである。そんなものが自分の娘よりも大事なのだろうか。烏近にはさっぱりわからなかった。利左衛門が、

「損を取り戻そうと、わしは身を粉《こ》にして働いた。なにもかもきりつめて、薄利多売を心掛けた。菜種農家に貸し付けてある元手の利子も値上げして、取り立てもまえより厳しゅうした。百姓衆には恨まれたやろうけど、それなりの手応《てごた》えはあった……そう思うたのやが、蓋《ふた》を開けてみたら、もうかってないどころか大損のままや。まだまだ道は遠いわ……」

利左衛門はため息をつき、

「そういうわけで今、うちの店は年に六百両の金を由比浜屋の隠居からちょうだいしとるのや。この金がなかったら、あちこちから借りてる金の利子が払えんようになって、店が他人手《ひとで》に渡ってしまう。——こないだその隠居が患《わずら》いついてしもうてな、由比浜屋では、隠居の身でもあるし、歳に不足はないし……ということであまり騒がんかったようやが、それではうちが困る。隠居には長生きしてもらわなあかん。せやから、佐兵衛の知り合いの腕のええ医者に高価な人参《にんじん》を惜し気もなく使《つこ》うてもろて、やっと本復《ほんぷく》した。あのときはあわてたわ」

「借金を全部返すのに、あと何年ぐらいかかるんです?」

「ざっと、あと二十五年や」

「二十五年！　そのころには重右衛門さんは百二歳ですけど……」

「そこで人魚の肉や。こないだ隠居がわしに言うたのや。『そろそろ於染の奉公も終わりにしよか』『於染がなんぞ粗相《そそう》でも?』『そんなことはないがわしもええ歳や。身体が持たん。人魚の肉がほしいわい……』と言わはった。わしはなるほどと思て、『ここに人魚の肉があったら、

於染の妾奉公を続けさせていただけますか』『それやったら請け合おう』……たしかに、八百歳とはいわんでも、人魚の肉を食うたら長命になることは間違いない。それを隠居に食べてもろうて、あと二十五年間、うちに月々の手当てをいただきたい……というわけや」

「他人の命の長さをお金としかみてないんですね」

「なんとでもいえ。暖簾を守るためや。——さっきも言うたように、わしも近頃身体の塩梅《あんばい》がようない。頭《つむり》も痛いし吐き気もするし、しょっちゅう腹も下してる。このまま逝《い》てしもたら大壺屋はおしまいや」

「跡取《あと》りのご長男がおられるでしょう」

「作次郎《さくじろう》か。あれはあかん」

利左衛門はにべもなく言った。

「あいつには商《あきな》いの才覚がまるでない。金のありがたさもわかっとらん。まだまだ未熟ものや」

佐兵衛が横から、

「わてが言うのもなんだすけど、たまに店のお金をこっそり使い込んではるみたいだす。帳簿を見たらわかります。ときどき大きな穴があいとりますのや。お茶屋遊びにはまってはるにちがいおまへん……」

「若いものが遊びたい、と思うのは少しはしかたがないが、店がこんなきついときや。なにをするべきか、なにをしたらあかんか、アホやなかったらわかろうはずやけどな」

烏近は、

「私も以前は、お金がいちばん大事だと思ってましたけど、お金なんか、ないならないでなんとかなるもんですよ。私は家を勘当《かんどう》されてこんなことしてるんですが、今のほうがずっと気楽で楽しい」

利左衛門はせせら笑って、

「わしは命に代えても暖簾を守らなあかん立場や。あんたみたいな浮遊《はぐれ》もんと一緒にせんとってくれ」

「はいはい」

佐兵衛が、

「というわけで、由比浜屋のご隠居さまがまた患ったりするまえに、早急《さっきゅう》に人魚の肉を手に入れてほしいんだす。よろしゅうお願いします」

「うーん……そもそも人魚の肉てなものがこの世にあるなら、たとえばお天子《てんし》さまや公方《くぼう》さま、お大名に大商人、学者の先生なんかが何万両も費やしてとうに手に入れてるはずだと思います。けど、そういう方が不老長寿になったという話は聞きません」

利左衛門が、

「それぐらい珍しいもんや、ということやないか。古来、ひとがうらやむような長命の方はいらっしゃる。『厄払《やくばら》い』の文句にもあるとおり、浦島太郎《うらしまたろう》は三千歳、東方朔《とうぼうさく》は九千歳、三浦《みうら》の大介《おおすけ》百六つ。『荘子《そうし》』に出てくる彭祖《ほうそ》という人物は八百歳の齢を全《まっと》うしたという。珍しいけど、あり得ないことではない、ということっちゃ」

「お天子さまや公方さまでも見つけられない、あるかないかわからないものを探させるよりは、腕のええ医者に頼んで壮健になる薬でも調合してもらったほうがいいんじゃないですか？」

利左衛門は憮然《ぶぜん》として、

「医者は皆、『寿命には勝てません』と言うのや。病ならば治すけど、寿命は天からもろたもんや。それをどうこうできるのは坊主《ぼうず》か神主《かんぬし》や、とな」

「そのとおりでしょう。人間、ふつうは八百年も生きられるものじゃない。また、八百年生きることが幸せだとも思いません。やめておかれたほうがいいと思いますよ」

「ほな、わしの頼みを断る言うのか？　いかなる難題も引き受けるはずやろ。人魚の肉を手に入れることはお上の法にも触れん、神さま仏さまにしかできんわけでもない、そのうえわしらはあんたをだまそうとはしとらんのやで」

今度は烏近が憮然とする番だった。

「私が気に入らないのは、あなたが娘さんを食いものにしていることです。暖簾のためとはいえ、嫁入り話を破談にして、妾奉公させるというのは納得いきません」

「あんたを納得させるための話し合いに来てるのやない。無理難題やと思えばこそ、あんたに金払《はろ》て頼みにきとるのや」

「わかりました。とにかく探してみます。けど……人魚の肉を食べて、延命の効き目がなかったとしても知りませんよ」

「それはわかっとる。ただし、その肉がたしかに人魚のものやという証拠を持ってこい。魚の刺身を持ってきて、人魚の肉です、言われても、それでは承知でけんで」

「尾頭付《おかしらつ》きでないとダメということですね。目のまえで料理できればいちばんいい。かなり気持ち悪いとは思いますが……」

利左衛門は人魚の頭がごろりと転がっている光景を思い浮かべたのか、身を震わせた。それが引き金になったのかふたたび咳が出はじめたので、佐兵衛が背中をさすり、

「旦さん、そろそろ……」

「そやな。――烏近さん、頼んまっせ。佐兵衛をときどき様子見に来させるさかい……」

「承知しました」

ふたりは船から出ていこうとした。烏近は佐兵衛にそっと、

「あなたも人魚なんて本当にいると思ってるんですか」

佐兵衛は、

「わかりまへん。いてたらええなあ、とは思うけど……。とにかく大壺屋のためによろしゅうお願いいたします」

そう言って深々と頭を下げた。

◇

いきなりとんでもない依頼が舞い込んできたが、とりあえずはなんの思案も浮かばない。

「人魚か……人魚……」

そんなものが存在するかどうかもわからないし、いたとしても食べたら長命になるかどうかわからない。滋養強壮に効《こう》がある、という程度ならウナギやスッポンでも同じだろう。八百歳の齢を保つことができる、というのは、不死鳥の血のようなものでほとんど伝説の類《たぐい》のように思われた。まさに無理難題である。しかし、今回の難関を突破できなかったら、この商売に

先行きはないようにも感じられた。

（そうだ……あのお方なら人魚についてなにか知ってるはず……）

ある人物のことを思い出した鳥近は船を出ると、北堀江《きたほりえ》に向かった。じつは先日、鳥近が夜中に屋台の煮売り屋でこんにゃくの煮しめ一品だけを肴《さかな》に酒を飲んでいると、隣に腰かけている男も同じくこんにゃくだけで大酒を飲んでいる。長い顔に福耳、よく目立つ大きな鼻、そして眠そうな目をしたその人物は、面識のない鳥近にいきなり話しかけてきた。

「汝《なんじ》、知っておるか。このこんにゃくなるものはこんにゃく芋から作るのだが、そのままではエグうて食えぬ。蒸してからすり潰し、灰汁《あく》を用いて固めるとこのようなぶよぶよのものになるのだ」

「ほう、あなたはこんにゃく屋さんですか」

「ちがう。わしは天地のあいだに存するものについて知らぬことはない、木梨蘭香堂《きなしらんこうどう》という大学者だ」

「ははは……そんな大学者がこんな店でこんにゃくをアテに酒飲んでるはずがない」

「学者がこんにゃくで酒を飲んではいかんのか。わしは、本草学《ほんぞうがく》をはじめ、蘭学《らんがく》、医学、文学、書画骨董《しょがこっとう》などにも通じておる。ひとを見かけで判断してはならぬ。嘘だと思うたら、一度わしの家に来い」

「それはお見それしました」

「そういうおまえもただの町人ではなかろう。なんの商売をしておる」

鳥近が、岸和田《きしわだ》の岡部《おかべ》家を浪人して武士を捨て、「ご無理ごもっとも始末処」というのをはじめたところだ、と言うと大いに喜んだ。それからの付き合いなのである。木梨蘭香堂は大きな造り酒屋を営むかたわら、幼いころから学問に打ち込み、今や自他ともに認める大学者となった。気の置けない性格でだれとでも気さくに話をし、興味を持った相手とは身分に関係なく親しく接し、酒を酌《く》み交わす。

大勢の奉公人が忙しそうに働いているなか、烏近は顔見知りの丁稚に声をかけた。

「先生、いらっしゃいますか」

「へえ。部屋で調べものをしております」

「烏近が来た、とお取次ぎください」

丁稚は奥に入っていったが、しばらくして戻ってくると、

「奥へどうぞ」

部屋に入ると、蘭香堂先生は本を読んでいた。文字どおり古今東西の書物に埋もれるようにして暮らしており、烏近には一字も読めぬ異国の本も大量に所持していた。蔵も収蔵品でいっぱいである。烏近はいつも、蘭香堂の博識ぶりに驚かされた。本人の言うとおり、「天地のあいだに存するものについて知らぬことがない」というのは本当かもしれない、と思われた。

「おう、無理難題屋。今日はなにか用か」

「じつは……」

烏近が経緯《いきさつ》を縷々《るる》述べたあと、

「というわけで人魚の肉を探さないといけないのですが……人魚というものはこの世にいるもんでしょうか」

「おらぬ」

蘭香堂は即答した。烏近が、

「でも……異国には象とか麒麟とか犀とか孔雀とか膃肭臍とか……変わった動物がいろいろといるそうです。自分が見たことがない、というだけで空言と決めつけるのは……」

「おらぬものはおらぬ。人魚は理屈に合わぬ。人間はサルや獣などの仲間で、口と鼻で息をし、卵を産まず、乳を与えて子を育てる。多くは身体に毛が生え、四つ足である。魚はエラで息をし、卵を産み、ヒレを用いて水中を泳ぐ。多くはウロコが生えている。このふたつの生物の系統はまるで異なるゆえ、そのふたつを合わせたような『人魚』なるものは存在しない」

「えーっ」

「古来、人魚のミイラや剝製《はくせい》が多く出回っておるが、わしの見たところではどれもこれも見世物にするためのまがいものだ。おそらく猿の上体に鮭の尾をつなげたものだろう。うちの蔵にも、南蛮から買い付けたものや、寺に伝わっていたものなどいくつか置いてある。それをおまえにくれてやってもよいが、気持ち悪いだけでなんの効もないぞ」

「困ったなあ……」

「不老長寿というものも、またあり得ぬのだ。だれでも生をうけたらいつかは死ぬものだ。人間の身体は年齢とともに衰えていく。それが速いか遅いかひとによって多少のちがいはあれど、なにかを食うただけで八百年もその衰えが止まるわけがない。長命にあこがれるものたちがこしらえたただの言い伝えだな」

そう言うと蘭香堂は何冊かの書物を棚から抜き出し、烏近に渡した。

「人魚のことが載ってはおるが、役には立たぬぞ」

烏近が表紙を見ると、どれも妖怪変化について面白おかしく書いてある本なのだ。

「どうしましょう。人魚がいないならその肉を渡すことができません」

「そこが『ご無理ごもっとも』ではないか。――まあ、知恵を絞るがよい」

大学者に「人魚はおらぬ」と断言されてしまった以上、真っ向から探しても見つかる道理はない。時間を無駄にするだけだ。では、どうするか……。船に帰った烏近は酒を飲みながら考えることにした。酒といっても安い焼酎である。茶碗《ちゃわん》酒をあおり、ああでもないこうでもないと思案しているところへ、

「はあっ、ありがたい。ええとこに来たわ。わしも相伴《しょうばん》させてもらお」

入ってきたのはありがた屋の与市兵衛である。

「さっき、橋のうえでおもろいことがあったのや。町方の役人がな……」

勝手に茶碗に酒を注《つ》ぎながらそう言いかけたが、

「今、それどころじゃない。えらいことになったんだ……」

「なんや、災難か？」

「災難……みたいなもんだ。無理難題の依頼があってね……」

「なんじゃいな、それやったらありがたいことやないか。だれも名前を知らん若造に今どき三十両も出すようなもの好きがおるとはなあ。しっかり仕事して、名を売らんかい」

「それが……マジの無理難題が来てしまったんだ」

「無理難題にマジも嘘もあるかいな。どんな頼みや」

烏近は、大壺屋利左衛門が持ち込んだ依頼をつぶさに語った。

「世の中には変わりもんもいてるんやなあ。金魚の肉が食いたいやなんて」

「金魚の肉じゃない。人魚の肉だ」

「人形の肉？　人形はたいがい木でできてるもんやけどな」

「そんなもの食えるか！　人魚！　人に魚で人魚！　人魚の肉を食べたら長生きするんだ！」

「そないに唾飛ばすな。——たしかにほんまの無理難題やな。けど、人魚なんかどこにおるんや」

与市兵衛はがぶがぶと酒を飲みながらそう言った。

「蘭香堂の大先生は、人魚なんかいるわけない、と断言なさった。こうなったら、それが本ものであれ嘘ものであれ、要は大壺屋が『なるほど、これは人魚の肉や』と思うものを突きつけるしかないんだけど、なにか思案はないかな」

「今のところなんにも思いつかんなあ」

ふたりは酒を飲んだ。船の揺れも手伝って、次第しだいに酔いが回り、ほとんど酔い潰れそうになったころ、与市兵衛が言った。

「それにしてもその大壺屋の主、ひどいやっちゃなあ。婿《むこ》さんも気の毒やけど、なによりその娘が不憫《ふびん》や」

「私もどうも面白くない。利左衛門が娘を食い物にしてるところがムカつくんだ」

「ジジイの寿命が延びたかて、その利左衛門ゆう男を喜ばすだけやからな。いっそのこと人魚の肉のなかに腹下しの薬でも混ぜて食わしたったらどないや」

「どっちにしろ人魚の肉は手に入れないといけないじゃないか」

「そらそやな……」

ふたりはなおも酒を飲んだ。烏近は酩酊《めいてい》してぼんやりした頭で、

「あの親爺《おやじ》……娘さんを食い物に……娘……食い物……」

そこまで言ったとき、ふと妙案が浮かんだ。

「そうだ……！　娘を食い物にしてるんだから……」

烏近はその思いつきを与市兵衛に話した。

「うははは……そらおもろい！　けど、おまえ、さっき、そんなもん食いたいアホがおるか、て言うとったやないか」

「さっきはさっき、今は今。でも……そんなことを引き受けてくれるやつがいるだろうか」

「いるいる」

「いるか！」

「わしが橋のうえで見た男が今の話にぴったりや。居場所もわかってる。瀬戸物町四郎兵衛店、面屋の甚五郎て名乗ってたわ」

与市兵衛は、その男の腕前についてくわしく語った。

「よし、すぐに訪ねてみよう」

「烏《う》ーやん、わてはなにをしたらええのや」

「番頭の話では、大壺屋の若旦那が店の金を使い込んでるそうだ。どうもあの店にはなにかやましいところがあるような気がする。そのあたりを探ってくれ」

与市兵衛はうなずき、酒を飲み干した。

◇

「面屋の甚五郎さんのお宅はこちらですか」

一升徳利をぶらさげて、烏近は甚五郎が住む長屋を訪ねた。徳利の中身は焼酎ではなく、吟味した上酒《じょうしゅ》である。入り口には「貴殿の顔を面に写しつかまつる　面屋甚五郎」という看板が掲げられている。

「おう、甚五郎は俺だ。入りなよ」

薄暗い土間にあぐらをかき、甚五郎は仕事をしていた。あたりには木屑《きくず》が大量に散らばっている。布を敷いたうえに大小さまざまのノミ、鉋《かんな》、チョウナ、ノコギリなどが並べられていた。上がり框《がまち》にひとりの老人がすまし顔で座っており、甚五郎はその老人を見ながら面にやすりをかけている。

「さあ、できたぜ」

甚五郎は完成したらしい面を老人に手渡した。

「漆《うるし》を塗りてえなら、漆職人に頼んでくれ。色付けもやってもらうといいや」

老人は感激した面持ちで、

「いやいや、これで十分や。いやあ、噂《うわさ》には聞いてたけど、わしにそっくりやな。どっちがわしでどっちが面かわからんぐらいや」

横で見ていた烏近も驚いていた。その面はまさしく老人と瓜二つだったのだ。与市兵衛から聞いてはいたものの、ここまでの腕とは思っていなかった。

「ははは……気に入ってくれりゃ本望だ」

「おおきにおおきに。離れたところで暮らしてる孫が、『じいじの顔が見たい』ゆうてごねるそうでな、この面を渡してやるつもりなんや」

老人は代金として一分銀二枚を出し、

「これは祝儀《しゅうぎ》や。取っといて」

そう言って二朱を付け加えると、大事そうに面をふところにしまい、ほくほくした顔で帰っていった。烏近は甚五郎に、

「それにしても神技やな」

「へへへ……俺ぁもともと能面職人だったんだが、ひとの顔をそのまま面に彫るのが面白くなって、とうとうそれ一本でやっていくことにしたんだ。ところが気が短いのが災いして、因業《いんごう》大家《おおや》と大喧嘩《おおげんか》しちまってさ、つい、その……ポカリと……」

「殴ったのですか」

「殴ってなんかいねえよ。ゲンコツで撫《な》でただけさ」

「それを『殴った』というんです」

「へえ、上方《かみがた》じゃそういうのか」

「日本中どこでもです。──あなた、面白いひとですね」

「そんなこんなで江戸にいられなくなっちまって、ひと月ばかりまえに大坂に上《のぼ》ってきたってわけさ。──で、あんたの顔を写すのかい？」

「いや、そうじゃないんです。折り入って頼みがあります。面白いと思ったら引き受けてくだ

さい。とりあえずこれを納めてくれますか。手土産です」

烏近が徳利を手渡すと、

「おう、なによりだ。ありがたくちょうだいすらあ。あんたもいける口かい？」

「もちろん」

「それじゃあ飲みながら話を聞こうかね」

「いや、これは土産ですから……」

「いいじゃねえか。もらったら俺のもんだ。俺の酒が飲めねえってのかい？　だったらおめえさんの頼みとやらも引き受けられねえ。帰ってくれ」

烏近は苦笑いをして、

「飲みますよ」

甚五郎は湯呑みをふたつ出し、酒盛りがはじまったが、甚五郎は強くてぐいぐいいく。つられて烏近も飲んだが、与市兵衛との焼酎の酔いが消えていないのですぐにへろへろになってしまった。依頼の中身を必死で説明しようとしたものの、まぶたが落ちてきて、しゃべりながら半《なか》ば寝かかったとき、

「おもしれえ！」

甚五郎の大声で目が覚めた。

「そいつぁ豪儀《ごうぎ》だ。つまらねえ仕事はたとえ千両積まれてもやりたかあねえが、そういう悪戯は大好きだ。俺の腕が役に立つなら、どうぞ使ってくんな」

「仕事料は十両でどうでしょう」

「いいとも。——じゃあ、すぐに顔を拝みにいこうぜ」

「今からですか？」

「善は急げだ。さあ、早く早く」

短気だというのはよくわかったが、そのさっぱりとした江戸っ子らしい気性《きしょう》に烏近は好感を持った。

◇

それから半刻《はんとき》（一時間）のち、烏近と甚五郎は由比浜屋が於染を囲っている家の塀外《へいそと》にいた。烏近はまだ酔っていたが、甚五郎はしゃきっとしていた。裏口に回り、なかの様子をうかがおうとしたがどうにも見えないので、思い切ってそろそろと戸を開けた。一歩入って、烏近はぎょっとした。前栽《せんざい》の陰に先客がいたのだ。若い男が頰《ほお》かむりをしてしゃがみ込み、家のなかをのぞこうとしている。烏近と甚五郎は顔を見合わせ、

「盗人《ぬすっと》じゃねえか？」

「そうですね……」

男は烏近たちに気づかず、唇に指を当て、ぴ……ぴ……と小さく指笛を吹いた。格子戸《こうしど》が開き、若い娘が顔を出した。身なりや化粧からして下女《げじょ》ではない。おそらく於染だろう。甚五郎は矢立てと懐紙《かいし》を取り出し、於染の顔を写しはじめた。

「於染さん……」

若い男が言いかけると、於染は、

「しっ。今、ご隠居が来てはります」

「えっ……今日は来ないはずでは……」

「それが急なお越しで、あわててお酒の支度をしてるとこだす」

於染がそう言ったとき、家のなかから老人らしき声がした。

「おーい、於染、どないぞしたか？」

於染はあわてて、

「見つからんうちに早う去《い》んでちょうだい！」

男が首を引っ込めたとき、腰の曲がった老人が現れた。

「だれかいてたのとちがうか」

「野良犬が入ってきたさかい、追うてましたのや。もう出ていきました」

「なんや犬か」

ふたりは家のなかに消えた。若い男は唇を噛んで、閉まった格子戸をにらみつけていたが、

「ちょっとそこのおひと……」

烏近が声をかけると跳び上がるほど驚き、

「だ、だれや、あんたら！」

「通りすがりのもんです」

「通りすがりのもんは塀のなかにおらんやろ」

「あなたこそどこのだれですか」

「わ、私は……」

「ちょっと話が聞きたいから、表へ出てください」

「いや、それは……」

「断るなら大声出しますよ」

男は肩を落とした。三人はそっと外へ出ると、近くの茶店の床几《しょうぎ》に腰かけ、団子を食べながら話をした。

男は、於染の元許婚《いいなずけ》で庄吉《しょうきち》という医者だった。すでに結納《ゆいのう》も済ませていたが、祝言《しゅうげん》を挙げる直前に破談になった。庄吉も於染もたがいのことを忘れられず、ときどきひそかな逢瀬《おうせ》を重ねていたのだという。

「けど、どうにもなりません。大壺屋の旦那さんは由比浜屋の隠居の金をあてにしておられますし、私にはとてもそんな大金は出せない。情けない話や……」

甚五郎が、

「じれってえ野郎だな！　惚《ほ》れてるならあの娘連れてどこかへ逃げちまえよ！」

庄吉はかぶりを振り、

「そんなことをしたら大壺屋は潰れてしまいますし、奉公人たちも路頭に迷います。於染さんもそんなことは望んでいないと思います……」

「じゃあ、あのジジイがくたばるのをじっと待ってる、てえのかよ」

「私にできることはそれしかありません」

烏近が、

「大壺屋は人魚の肉を欲しがっているのです。由比浜屋に食べさせて、うんと長命にするつもりですよ」

庄吉は顔色を変え、

「そんなことをされたら私たちはおしまいです。でも……人魚などというものがほんまにいるのでしょうか」

「そこで私たちはちょっとしたことを企《たくら》んでるのですが……あなたもひと口乗りませんか？」

烏近はそう言った。

◇

「なかなかおもろいことがわかってきたでえ」

歩み板をぎしぎしいわせて入ってくるなり与市兵衛は烏近と庄吉に言った。烏近が、

「ほう……どんな？」

与市兵衛はどすんとあぐらをかくと、

「あの店は、表向きは手堅《てがと》う商いしとるけど、裏に回ったらいろいろ埃《ほこり》が出てきよった」

「やっぱり作次郎という若旦那が店の金使い込んで茶屋遊びしてるのか」

与市兵衛はかぶりを振り、

「ところが若旦那の評判はすこぶるええのや。遊び惚《ほう》けてる、という噂も聞かんし、それどころか、旦那の利左衛門が高利の元手を貸し付けたうえで、菜種を安う買い叩《たた》いてる百姓衆に、若旦那がこっそり金を渡して暮らしが立ちゆくようにしとるらしい」

「えらい話がちがうな。じゃあ、あの番頭が言ってたことは嘘か？」

「もうひとつ怖い話を聞いた。これは丁稚に小遣いをやって聞き出したのやが、旦那が飲んでる持病の薬が台所に置いてあったのを何匹かのネズミが食うたら、みなコロリと死んでしもた

らしいわ」

庄吉が、

「もしかしたらそれは石見銀山《いわみぎんざん》かもしれない」

与市兵衛が、

「石見銀山ゆうたら猫いらず……ネズミ捕りの毒やないか」

烏近が、

「だれかが主に毒を盛ってるんだな。そういえば、由比浜屋の隠居が患いついたとき、佐兵衛の知り合いの腕のいい医者のおかげで本復した、とか言ってたな……」

庄吉が、

「おそらくそれは本町《ほんまち》の坂上道安《さかがみどうあん》という医者でしょう。あちこちのお大尽《だいじん》に取り入って新地《しんち》で散財してる幇間《たいこ》医者やと聞いとります。腕のほうはようわかりませんが……」

烏近と与市兵衛は顔を見合わせた。与市兵衛が、

「甚五郎のほうはどないや」

「もうじきできあがるらしい。細工《さいく》は流々《りゅうりゅう》だ」

烏近はそう言って胸を叩いた。

◇

そして、ついにその日が来た。

「人魚の肉が手に入ったんか！」

大壺屋の座敷で、利左衛門は手を打って喜んだ。

「よう探し出してくれた。さぞたいへんやったやろ。どないして獲ったのや」

烏近は、

「それは商いのうえの秘密です」

脇にいる佐兵衛は眉根を寄せ、

「ほんまかいな？　旦さん、よう調べんとだまされまっせ」

烏近はにこにこ顔で、

「いくらでも調べてください。今ここにお持ちします。ただし……人魚が死ぬときにあげる悲鳴を聞いたものはみんな死ぬ、と言いますから、私の家で耳栓をして料理してまいりました」

そう言うと烏近は皿に盛ったものを利左衛門に差し出した。褐色の丸いものが積み重なっている。

「なんや、これは」

「人魚の天ぷらです」

利左衛門は、

「天ぷら？　だれが天ぷらにせえ、と言うた。わしは肉を持ってこいと言うたはずや」

「生だろうが揚げてあろうが焼いてあろうが煮てあろうが、肉は肉です。じつは人魚は『人魚の生き腐れ』といって、締めたらすぐに腐ってしまう。まさか腐ったものをお持ちするわけにはまいりませんから、天ぷらにしました。まあ、揚げてしまったら、不老長寿の効能はなくなってしもてるかもしれませんけど……美味《おい》しそうでしょう？　からし醬油《じようゆ》で食べたら、いけると思いますよ」

「効能がない、やと？　それではなんにもならんやないか」

佐兵衛が、

「こんなもん、人魚の肉かどうかもわかりまへん。旦さん、だまされんように！」

烏近が、

「いや……それはご自分の目で確かめていただけます。隣の部屋に支度してありますから……」

利左衛門が、

「な、なにがあるのや」

「人魚の頭と尻尾《しっぽ》です。まだ、それほど腐ってません」

利左衛門はぶるっと震えたが、おずおずと隣室との境の襖《ふすま》を開けた。そこには布が敷かれ、若い女の頭が置かれていた。その横には、巨大な魚の尾びれがあった。女の顔を見て利左衛門は叫んだ。

「お、於染……！」

利左衛門は烏近に、

「これはどういうことや！　なんで於染の頭がここにあるのや」

そして、皿に盛られた天ぷらを振り返り、

「まさか……これは於染の肉……」

「いい趣向でしょう？　あなたは娘さんを食い物にしている、と思いましたので、於染さんを人魚に見立てて、文字どおり『食い物』にさせていただきました。由比浜屋のご隠居さんに食べさせてあげてください」

利左衛門は烏近の胸ぐらをつかみ、

「貴様、なんちゅうことをしてくれたんや。だれが於染を殺してくれと頼んだ。めちゃくちゃやないか！」

「めちゃくちゃ？　婚礼直前に破談にするのはめちゃくちゃじゃないんですか」

「たしかにわしは於染にむごい仕打ちをしたかもしれん。けど……命まで奪《うば》うたわけやない！」

利左衛門はその場に両膝を突いて涙をこぼした。

「わかってないなあ……。おんなじことですよ、好き合ったふたりをむりやり引き剝《は》がして妾奉公させるなんて……」

「暖簾を守るためには金がいる。しかたなかったのや……」

「そのことですけど……帳簿にたびたび大きな穴があいてるのは若旦那さんの仕業《しわざ》だ、と佐兵衛さんが言っておられましたね」

佐兵衛はぎくりとした顔つきになった。

「若旦那、出てきてください」

廊下に控えていたらしい若者が部屋に入ってきた。

「作次郎！　おまえ、今の話、聞いとったんか」

「へえ、お父《と》っつぁん。わたいの極道が過ぎて家が傾いた、てなことを佐兵衛から吹き込まれてはるらしいけど、わたいは同業のお付き合いのほかは茶屋てなところに行ったことおまへん」

「それやったらなんで金がのうなるのや」

「わたいは昨日、ひと晩かかって帳面調べさせてもらいました。案《あん》の定《じょう》、おかしなところがあちこちにおます。どうやら油を横流しして売りさばいてるもんがいてるような……」

佐兵衛が顔を上げ、

「若旦那、それはわてへのあてこすりだすか。わては十歳のときにご当家に参りましてから旦さんへの忠義ひと筋に働いてまいりました。それをなんという……」

「おまえが同業の寄り合いと称して毎晩のように新地で遊んでること……わたいはだいぶまえから気づいてたで」

「し、知らん。わては知らん。旦さん、どうぞ若旦那のめちゃくちゃな言い分に耳を貸さんようにしとくなはれ」

烏近が、

「それだけやったらまだしも、佐兵衛さん、あなたはしてはならないことをしましたね」

「なんのことや」

「もうおひと方、入ってください」

烏近の言葉に応じて現れたのは医者の庄吉だった。利左衛門は、

「庄吉……おまえまで！」

「ごぶさたしております。あなたが毎日服用しているお薬をちょっと拝見したいのですが……」

「これか……？」

利左衛門に手渡された薬包《やくほう》を開け、中身をちろりとなめる。

「思っていたとおりだ。ほんの少量ですが、石見銀山が含まれています」

「なんやと……！」

「長いあいだ飲み続けていると、熱が出たり、咳き込んだり、腹を下したり、ふらついたり……そのうちに寝ついて、死んでしまいます。——けど、ご心配なく。私が治してみせます」

烏近が利左衛門に、

「もうおわかりでしょう。その薬を処方したのは本町の坂上道安という医者。その医者を連れてきたのは番頭の……」

利左衛門は佐兵衛をにらみつけた。佐兵衛は顔を伏せて震えている。烏近は、

「佐兵衛さんと道安はずいぶんまえからの遊び仲間だそうですね」

利左衛門は顔を紅潮させ、

「おまえはわしを殺そうとしていたのか！　大恩《だいおん》あるこのわしを……。けど、わしが死んだらこの店は潰れる。そうなったらおまえも困るやないか」

佐兵衛は舌打ちをして苦々しそうに、

「大恩？　十歳のときから奉公したけど給金もよその半分、ろくに飯も食わさんと馬車馬みたいに働かせて、来年の暖簾分けのときにくれる金が二十五両……。そんなはした金でようも今までこき使《つこ》うてくれたな。あんたが死んだら、跡取りのぼんくら息子をわてが後ろで思うがまま操って、店を乗っ取る算段やったのや。身代《しんだい》を最後の一文まで使い切ったら、あとは潰れようがどないなろうが構《かま》わんと思うとった。けど、由比浜屋の隠居には死んでもろたら困る。あ

んたが死んだかて、月々の手当ては払《はろ》てくれるはずやさかいな。それにしても、アホやと思てた若旦那がとんだキレもんで、なにもかもバレてたとは思わなんだわ……」

利左衛門は、

「なんぼ稼いでも追いつかんさかいおかしいと思うてたが、貴様のような金食い虫を飼《こ》うとったとは知らなんだ。お役人に引き渡すさかいそう思え」

「こうなったら煮るなと焼くなと好きにせえ。揚げるのだけはごめんやけどな。八百歳も生きるより、短い人生、たっぷり楽しませてもろたさかい満足や」

佐兵衛は腕組みをしてふんぞり返った。逃げようという気も失《う》せたらしい。作次郎は手代をふたり呼び、

「佐兵衛を蔵に放り込んで、錠《じょう》をおろしなはれ」

「えっ？　ご番頭さんにそんなことしてよろしいんか」

「かまへん」

「うわーっ、やった！」

手代たちは佐兵衛を部屋から連れだした。利左衛門はぼろぼろ涙をこぼしながら、

「貴様のようなやつのせいで於染を死なせてしもたとは……わしはなんちゅう父親や」

烏近は、

「あっははは……」

利左衛門は血相《けっそう》を変えて、

「なにがおかしい！」

「よく見てください。それは娘さんではありません」

利左衛門は於染の顔をしげしげと見つめ、そっと手で触れた。

「木や……」

烏近はうなずいて、

「木彫りの名人が於染さんそっくりに彫ったものです。色を塗って、かつらをかぶせ、化粧した生き人形です。よく似てるでしょう」

「似てる……わしにも見分けがつかなんだ。――ほな、於染は……」

「もちろん生きておられます。人魚なんてものが本当にいる、と思っておられましたか」

「けど、あんたは『人魚の肉を手に入れる』て請け合《お》うたやないか」

「私が請け合ったのは『人形の肉を手に入れる』ことです。このとおり、手に入れてまいりました」

「ほな、さっきの天ぷらは……」

「鯛《たい》の肉です。美味しいと思います」

利左衛門は胸を撫で下ろした。

「わしの命はどうでもええ。於染さえ無事やったら……」

作次郎が、

「もうけが消えていたのは番頭の使い込みのせい、とわかったのやから、もう由比浜屋のご隠居からの六百両はいりまへんやろ。於染をこの家に戻して、そのあと庄吉さんと祝言を挙げさせてやったらどないだす」

利左衛門は頭を垂れて、

「そうしてやるつもりやが……於染がわしのしたことを許してくれるやろか」

烏近が、

「許すわけないでしょうね。けど、やるべきことはやらねばなりません」

「そ、そやな……許してもらおう、なんて思うたのがアホやった。この店は作次郎、おまえに譲る。わしは今日限りで隠居する。汚い商いをしたことで、さぞ暖簾が穢《けが》れてしもたことやろう。わしはその穢れを取るためにお遍路《へんろ》に出るわ」

烏近はかぶりを振り、

「まだそんなことを言ってるんですか。あなたが暖簾、暖簾……暖簾にこだわったせいで、今度のことが起きたのじゃないですか」

「………」

「それに、お遍路なんていつでもできます。まずは於染さんに誠心誠意謝ることです。許してくれなかったら許してくれるまで謝り続けるんです。八百年かけても謝るんです。――それに、穢れを祓《はら》うのならもっといいやり方があります」

「それはいったい……」

「昔は人形に自分の穢れを移して川に流す『流しびな』という習わしがあり、それがひな人形になったと聞きます。今日はちょうど桃の節句。この人形の首を桃の花できれいに飾った船に載せて土佐堀川に流したら、穢れも持っていってくれるんじゃないでしょうか」

烏近が言うと、利左衛門は娘そっくりの首をひしと抱きしめた。

金のシャチホコを修理しろ

ひとりの女が春の大川《おおかわ》土手を歩いていた。うららかな陽気で、草花のあいだを小さな蝶《ちょう》がいくつも縫っている。川の流れも駘蕩《たいとう》として、水の匂いも心地よい。川面《かわも》を小さな魚が群れをなして泳いでいるのが見える。蛙《かえる》が浮かんだまま泳ごうともせず、流れに任せて下流へと下っていく。

「ああ……いい時候だねえ。気持ちがせいせいするよ」

いつもは絢爛《けんらん》たる衣装に身を包んで、南蛮手妻《てづま》の水芸《みずげい》を舞台で披露している女芸人、霧雨紺《きりさめこん》太夫《だゆう》である。今日は地味だが、流水文様の着物に趣味のいい藍色の帯を締めている。

お紺《こん》が歩いているのは桜《さくら》ノ宮《みや》から源八《げんぱち》の渡しに向かうあたりである。空にはイカのぼりがいくつも揚がっている。

「のどかだねえ……」

お紺がイカを見上げてそう言ったとき、ひとつのイカのぼりが風から外れたか、きりきりっと旋回してそのまま落ちていった。そのすぐ下には、まだ一歳にならぬ赤ん坊がいる。少し離れたところにいた母親は気づいて助けにいこうとしたが間に合わない。お紺も、

「危ないっ！」

と叫んで駆け寄ろうとしたが、それより早く、武者絵を描いた大きなイカがその落ちてくるイカにぐんぐん近づき、体当たりして弾《はじ》き飛ばし、落ちる向きを変えた。その様子はまるで豪傑が大刀《だいとう》を振るったように颯爽《さっそう》としていた。イカのぼりは地面に落ちたが、赤ん坊は無事だった。母親は赤ん坊を抱きしめると、武者絵のイカを操った人物に礼を言おうと捜しはじめた。お紺もその動きを目で追った。

「ありがとうございます。おかげで子どもが助かりました」

母親は何度も何度も頭を下げている。武者絵のイカを持ったその人物が照れたように笑うのを見て、お紺は目を見張った。

◇

大坂城《おおさかじょう》は大坂の町の象徴である。豊臣秀吉《とよとみひでよし》が建設したものは、大坂夏の陣の際、火災で焼け落ちた。「南面山不落城《なんめんざん》」と呼ばれた城も、大坂冬の陣後の和睦《わぼく》によって堀を埋め立てられ、ついには陥落した。今、建っている城はその後、徳川秀忠《とくがわひでただ》によって再建されたものだが、大坂人の自慢の種であることに変わりはない。日夜城を見上げては、

「やっぱり天下一のお城やなあ」

などと悦に入るのが常だった。

しかし、大坂城には天守閣がない。寛文《かんぶん》五年（一六六五年）に落雷によって焼失してしまい、

以後、再建されることなく今日に至っているのだ。その理由は、徳川家に「金がない」ことである。江戸城の天守ですら明暦《めいれき》の大火（一六五七年）で焼け落ちて以来復興されていないのだから、これはしかたがないと言える。大名たちが戦《いくさ》を繰り返し、荘厳な天守によっておのれの武を誇示していた時代はとうに過ぎた。そんなものを建てる金があるならばほかに回そう……ということだ。その考えは正しい。天守閣など、だれかが住んでいるわけでもないし、ものを保管しているわけでもない。ただのひけらかしなのだ。

とはいうものの、大坂のものたちは武家も町人も、他国からの旅人を迎えたとき、

「あれっ？　大坂のお城って天守がないんですか。へー、そうですか、へー」

と言われることに多少の屈辱を覚えていた。そして、そういう気持ちを相当強く持っている人物がいた。回船問屋黒田屋呂兵衛《くろだやろへえ》である。黒田屋は大坂城のすぐ北側、大川沿いに店《みせ》を構える豪商である。呂兵衛は歳《とし》も五十を越していた。近頃は病がちで、ほとんど床《とこ》についたままだというが、まだ身代《しんだい》を譲ろうとはしていなかった。

「そういうわけで烏近《うこん》先生、ここに三十両おます。なんとかお城の天守閣をうちの父親《てておや》に見せたげとくなはれ」

船のなかで白鷺《しらさぎ》烏近と相対《あいたい》して座っているのは黒田屋の跡取《あとと》り息子、律兵衛《りつべえ》とその内儀《ないぎ》である。烏近は腕組みをして、

「どう考えても無理だと思います。残念ですが、このご依頼はお引き受けできません」

「なにをおっしゃいます。歩み板のところに、『ご無理ごもっとも始末処《どころ》　いかなる難題も引き受けます　一件につき三十両　白鷺烏近』ゆう看板がございました。いかなる難題でも、と

いうことは、この難題も引き受けてもらわんと看板に嘘偽《うそいつわ》りあり、ゆうことになりまっせ。わてがそのことを大坂中に言い触らしたらどうなります」

それは困る。たいへん困る。烏近は苦渋の表情を浮かべ、

「引き受けたいのはやまやまですけど、いくらなんでも『大坂城に天守閣を造れ』というのは無茶ではないですか。なんでも引き受ける、とは書いてますけど、お断りすることもあります。ひとつはそれをしたらお上《かみ》のお咎《とが》めを受けるようなこと、もうひとつは神さま仏さまにしかできぬこと、最後のひとつは依頼人が私に嘘をついてだましている場合……この三つではなかったらかならずお引き受けするのですが、このご依頼は二番目の神さま仏さましかできぬことではないでしょうか。いや、神さま仏さまでも無理かもしれません」

「天守閣を造れ、とは言うてまへん。一日でも、ひと晩でもええさかい、うちの父親に天守閣を見せてほしいんだす。もちろんほんまもんの天守閣でのうても結構だ。父親が『天守閣を見た』……という気になってくれたらそれでかましまへんのや」

「うーん……」

大坂城の天守閣は城普請に使う一間が六尺五寸で換算すると二十九間三尺九寸（約五十八・三メートル）あったという。そんなものをたとえひと晩でも再現できるはずがない。内儀のはるが、

「太閤《たいこう》はんがこしらえなはった一夜城《いちやじよう》のためしもおますがな」

一夜城というのは、豊臣秀吉（当時は木下藤吉郎《きのしたとうきちろう》）が織田信長《おだのぶなが》の命を受け、美濃《みの》の斎藤龍興《さいとうたつおき》攻略のために墨俣《すのまた》に造った城のことである。たったひと晩で造り上げた、と言われているので

一夜城というが、もちろんそんなことができるはずもなく、城というよりは小規模な砦《とりで》だったと思われる。秀吉は、北条《ほうじょう》氏と戦ったときも小田原《おだわら》の石垣山《いしがきやま》に「太閤一夜城」を造ったという。林のなかにひそかに城の骨組みだけを造っておいて、そこに白い紙を張ったうえで木々を伐採し、一夜で城ができたように敵に思わせたのだ。北条の軍勢は驚いて意気消沈したという。つまり、はりぼてを使った一種の神経戦だったというわけだ。

「太閤さんならできるかもしれませんが、大坂城の天守閣は、いくらはりぼてでも私ども町人が勝手に造るわけにはまいりません。ご公儀《こうぎ》の許しが下りるはずはないですから」

黒田屋律兵衛が身を乗り出し、

「ほたらうちの父親が落胆したままあの世に行ってもええ、とこう言いなはるのか。あんたはそんな冷たい人間か。いかなる難題でも引き受ける、と看板出しといて、それをほんまのことやと思てすがってきたものを見捨てますのか」

「うーん……」

烏近はふたたび唸《うな》ったあと、

「けど、呂兵衛さんはどうしてまたそこまで天守閣にこだわっておられるのです？」

律兵衛が言うには、兵庫津《ひょうごのつ》に浦風《うらかぜ》という回船問屋がある。これも黒田屋同様の大店《おおだな》だが、そこの主《あるじ》平九郎《へいくろう》は呂兵衛とは古くからの付き合いで、遊び仲間としても懇意にしていたが、歳も近いところから、とにかく相手に負けまいとする。色里《いろざと》へ行ってもたがいに意地を張り合い、揚屋《あげや》で呂兵衛が百両使うと平九郎も負けじと百五十両使う。そんな仲であった。

そんな呂兵衛が、毎度毎度平九郎に言われて頭に来ていることがあった。それは、

「大坂城にはあれがおまへんなあ。あれ……なんていうたかなあ……いちばん高い……」

「天守だすか」

「そや、その天守。なんでおまへんのや。あんな恰好《かっこ》のええもん、造らんやなんて変わってるわ」

「もともとはおましたのや。雷が落ちたんだす」

「建て直したらよろしいがな。大坂の商人衆《あきんど》はしみったれやなあ」

「あんさん、言うてええことと悪いことがおまっせ」

「わてはほんまのことを言うとるだけや。あんた、いっぺん姫路《ひめじ》へ来てみなはれ。姫路のお城の天守はよろしおまっせ。城漆喰《しっくい》が真っ白でな、まるで白鷺みたいに見える、というところから白鷺城とも呼ばれてますのや。わてら朝な夕なに眺めてますけど、あんなきれいな天守閣ほかで見たことない。――ああ、大坂城は天守がおまへんのやったな。これはすんまへん、なんや自慢したみたいで……」

「自慢やないかい」

「自慢やないけど、大坂城にも天守があればなあ……と可哀《かわい》そうに思うただけのことや」

「やかましい！　ないもんはないのや！」

最後は喧嘩《けんか》になる。

そんな罵《のの》り合いを長年続けてきたが、呂兵衛が病の床につくと、毎日そのことばかりを口にするようになった。

「くやしいなあ。いっぺんでええから大坂城に天守閣がしゅーっと建ってるところを見たい。

あいつにも見せつけてやりたい。天下一のお城の天守や。姫路城なんぞとは比べもんにならんぐらい壮麗やったやろなあ。ああ……わしは生まれてくる時代を間違えた」

いよいよ呂兵衛の枕が上がらなくなり、医者も匙《さじ》を投げ、このままではあとひと月持つかどうか……ということになったとき、呂兵衛は、

「大坂城の天守が見られたら、もうそれで死んでもかまわん。気持ちようあの世に行けるのに……」

「お父っつぁん、そんな弱気ではあきまへんで」

「なんぼ金があっても寿命ばかりはどうにもならん。ただひとつの心残りは天守のことや。どうしようもないとはわかっていても、未練が残るなあ。わしが全財産をお上に寄付したとしてもまだ足らんやろ」

「そんなことしたら黒田屋が潰《つぶ》れてしまいます」

「ははは……冗談や。わしが死んだらその日におまえに黒田屋の当主は譲る。あとのことは頼むで」

律兵衛は父親になんとか「大坂城の天守」を見せてやりたいと思った。あちこちに相談に行ったが、もちろんどこでも断られた。もう打つ手はないか、とあきらめかけていると、はるが「いかなる難題も引き受ける」という「ご無理ごもっとも始末処」のことを聞き込んできたのだ。

「藁《わら》にもすがる思いで来ましたのや。父親の死に土産《みやげ》に天守閣を見せてやりたいんだす。なんとかしとくなはれ」

「うーん……」

烏近は三度《みたび》唸った。

「つまり、まことの天守閣を造るのではなくて、呂兵衛さんが満足してくれたらそれでよい、ということですな」

「納得《なっとく》したら、この世に未練を残さず極楽往生《ごくらくおうじょう》してくれると思いますのや」

「うーん……」

烏近が四度目に唸ったとき、障子《しょうじ》がカラリと開いて、格子縞《こうしじま》の袷《あわせ》に法被《はっぴ》をひっかけた職人風の男が入ってきた。歳は三十ぐらい。鋭い目つきでぎろりと烏近たちをにらみつけると、

「どんな難題でも解決してくれるゆうのはどいつじゃい！」

烏近はおずおずと右手を挙げて、

「あの……私ですけど」

「おまえかい。頼りなさそうやけど大丈夫か？」

「大丈夫かどうかは、話を聞いてみないとわかりません」

「そらそやな。――ほんで、おまえらは？」

男は黒田屋夫婦を見やった。

「わてらは、難題の解決を頼みにきたもんだす」

「なんじゃ、先客かい。とっとと去《い》にさらせ」

「アホなことを。まだ話は終わってまへん。あんたこそあとから来てえらそうに……。しばらく船の外で待っときなはれ」

烏近は律兵衛に、

「だいたいお話はわかりました。けど、お引き受けできるかどうかはまだお答えできません。なにか妙案を思いついたら、お店にうかがいます」

律兵衛はまだなにか言いたそうにしていたが、

「わかりました。よろしゅう頼んます。なるべく早《はよ》うに返事しとくなはれや。もし、あんたが引き受けてくれんと、そのあと父親が死んだら、わてはあんたを生涯恨《うら》んで恨んで恨みたおすで」

「そんなこと言われても……」

ぶつぶつ言いながら黒田屋夫婦は船を出ていった。残った職人風の男はその場にあぐらをかくと、屋形船《やかたぶね》のなかをじろじろ見回して、

「こんなとこに住んでるやなんて、けったいなやっちゃなあ。大水《おおみず》のときに流されてしもたらどうするねん」

そのことは烏近も心配していた。

「雨が激しいときはちょっと怖《こわ》いですね。寝ていても船が揺れるし、もやってある縄が切れたら一大事です。上流から大きな木とか岩とかが流れてきてぶつかったら、船ごと沈んでしまいますし……」

「大雨のときだけどこかに泊まりにいったらええやないか」

「そうですねえ……」

烏近は、知り合いの顔をなんにんか思い浮かべたが、

「あなた、そんな話をしにきたんですか？」

「へっへっへっ……そやない。あんたに折り入って頼みがあるのや。聞いてくれるやろな」

「今もさっきの方に申し上げたところですが、たいがいのご依頼はお引き受けしますが、それをしたらお上のお咎めを受けるようなこと、神さま仏さまにしかできんこと、依頼人が私に嘘をついてだましている場合……この三つはお引き受けいたしかねます」

「それやったら心配いらん……とは言えんなあ。神さま仏さまにしかできん、というわけやないやろけど、かなりたいそうな頼みやねん。それに、見つかったらお咎めを受けるかもしれん。わしの死んだ祖父《じい》さんの名誉にかかわることでな、もう、あとはあんたに頼むしかないのや」

男はふところから財布をつかみ出し、中身をざらざらとその場に出した。小粒銀《こつぶぎん》、丁銀《ちょうぎん》が混ざっている。

「みなで三十両ある。この日のために貯《た》めてたわしの全財産や」

そのときがっくりと船が傾《かし》ぎ、小粒がいくつか転がった。男はあわててそれを追いかけ、全部をかき集めて財布に戻した。

「さっきのふたりはどこぞの大店のもんやろ。三十両ぐらい屁《へ》でもなかろう。けど、わしにとっては大金や。――頼む、わしの願いを聞いてくれ」

「泥棒とかひと殺しはお断りです」

「そやない。そやないけど……なかなかむずかしいと思うわ」

威勢がよかった男は、ここに来て口ごもりはじめた。

「わかってます。私も、三十両いただく以上は生易《なまやさ》しいご依頼だとは思ってません。皆さん、いろんなところに行ったあげく、最後の最後にここに来られます。どれもこれもたいがいむずかしいです」

「そ、そうか。わかった……」

男はぴしゃりと自分の顔を叩《たた》き、話をはじめた。

男の名前は伊助《いすけ》。瓦《かわら》職人である。父親は若くして亡くなり、伊助は祖父の喜助《きすけ》に育てられた。喜助も瓦職人で、名人と言われた人物だったが、一年まえにこの世を去った。亡くなる直前、喜助は伊助を枕もとに呼び、苦しい息のもとで言った。

「伊助……わしはもうあかん。瓦作りについては、おまえに教えることはみな教えたさかい心残りはない。けど……たったひとつだけ心残りがあるのや」

聞いていた烏近は、

「また心残りか！」

伊助は眉間《みけん》に皺《しわ》を寄せ、

「なんやねん。話の腰を折らんとってくれ」

「あ、すいません。続けてください」

伊助はふたたび話しはじめた。

「うちの祖父さんの心残りというのは、あるお城の天守閣……」

「えっ？　天守閣？」

伊助は船の床を拳で叩き、

「あんた、わしの話聞く気あるのか？」

「ご、ごめんなさい。さっきのひとも天守閣についてのご依頼だったから……」

「まさかおんなじ依頼やなかろうなあ」

「ちがうと思いますよ。続きをどうぞ」

「こんど茶々入れたらどついてこますぞ。——うちの祖父さんは、あるお城の天守閣に取り付けられているシャチホコを修繕したい、と言うのや。一対のシャチホコ瓦を焼いたのは祖父さんで、なかなかの出来やと評判やったらしい」

城の天守閣の屋根には、シャチホコが左右に取り付けられている場合が少なくない。織田信長が安土《あづち》城で使用して以来、大名たちが使うようになったのだ。ひと口にシャチホコと言ってもさまざまな種類がある。豊臣秀吉は金箔《きんぱく》を使った豪奢《ごうしゃ》なものを好んだため、豊臣恩顧の大名の城には金箔張が多い。木製の芯に金、銅、青銅などの金属板を延ばして貼り付けたものや、青銅の鋳物《いもの》、瓦……など多種多様である。瓦は割れやすいのが難点だが、安価である。名古屋城の金のシャチホコは金箔ではなく金板張で、慶長《けいちょう》大判にして千九百四十枚分の金が使われているという。

「どこか壊れてるのですか」

「そやない。わしも見たことあるけど、シャチホコ瓦に金箔を押した見事な出来栄《できば》えや。けど、祖父さん、目を入れ忘れたらしいねん」

「目？」

「その城のシャチホコは白地に黒目が描き込んであるのやが、片方のシャチホコの右目だけ、目玉を描くのを忘れとったそうや。祖父さんにしてみたら一生の不覚ゆうやつでな、なんとか直したい、とずっと思てたけど、その機がないまま、とうとう死んでしもた」

「どうして修繕しなかったのです？」

「そこの天守は五層やねんけど、シャチホコに目を入れるには、天守閣全体に足場を組んで、一旦シャチホコを地面に下ろして、また、屋根へ戻さなあかん。大工事や。どえらい金と暇と人手がかかるし、そんなしくじりをしたとわかったらそこのお殿さんにどんなお咎めを受けるかわからん。恥をかかされた、ゆうてお仕置きになるかもしれん。そこのお殿さんはそういうおひとらしいわ」

どこにでもそういう大名はいる、と烏近は思ったが、口にはしなかった。

「祖父さん、名人気質《かたぎ》やったさかい、おのれの失敗を世間に晒《さら》しとうなかったのやろな。ずっと黙ったままやった。できればだれにも知られんようにシャチホコに目玉を描き入れたい……そう思いながら望みは叶《かな》わんかった。死に際《ぎわ》にわしの手を握って、『伊助、もし機会があったらおまえの手であのシャチホコに目を入れてくれ。頼む……』そう言うたのが最期の言葉やった……」

伊助は遠いところを見るような目をして、

「優しい祖父さんやったなあ。仕事のことでは厳しかったけど、それ以外は孫には甘かった。わしのわがままやったらなんでもきいてくれたなあ。うっ、うっ、うううう……」

伊助は涙ぐみ、

「わしも、育ての親の末期《まつご》の頼みや、聞いてやりたいところやが、とうていそんな知恵はない。そこで、あんたの評判を聞いて、三十両投げ出す気になったのや。祖父さんの名誉を守ってもらえんやろか」

そう言って伊助は両手を突いて頭を下げた。

「たしかにとんでもないご依頼ですね。足場も組まずにシャチホコを五層の天守から地面に下ろして、またもとに戻す……神さま仏さまでないとできぬことでしょう」

伊助は烏近に向かって両手を合わせ、

「それやったらこうして拝み上げるわ。あーら、烏近さま、あーら、烏近さま」

「拝まれてもなあ……。そのシャチホコの右目を描き忘れてる、というのに気づいたものはおらんのですか」

「祖父さんしかおらん。地面から見上げても五層の天守のまだうえやさかい、見てもわからんわ」

烏近は考え込んだ。よくわからないがシャチホコ瓦を取り外すだけでもひとりでは無理だろう。大きさも人間のおとなほどもあり、重さもおそらく三十貫目ほどはあると思われる。手助けが五人ほどは必要だろう。それを縄かなにかで吊《つ》り下げるにしても、五層の天守から足場も組まずに下ろすことができるだろうか。そして、それをまた屋根まで持ち上げる……。

大勢でやればやるほど他人に見られる可能性が高くなる。作業は夜に行うことになるだろうから、真っ暗闇のなかでそれだけのことを行わねばならない。シャチホコ瓦がどこかに天守閣のどこかにぶつかったらたぶん壊れてしまうだろう。物音を立てるわけにもいかない。

（これは……無理だな）

烏近が伊助に断りを言おうと口を開いたとき、ふと興味が湧いて、

「あの……それはどこのお城のシャチホコですか？」

「ああ、岸和田城《きしわだ》や」

「き、岸和田城！」

鳥近は思わず大声を出してしまったので、どつかれまいと両手で頭をかばい、

「す、すいません。また、話の腰を折ってしまった」

「もう話はだいたい終わっとる。岸和田城がどないかしたんかい」

「あ、いや、その……」

かつて鳥近はその城に勤めていたのだ。勝手知ったる場所である。城内には知り合いもいる。

「ということはお殿さまは岡部《おかべ》美濃守《みののかみ》さまですね」

「そや」

「うーん……もしかしたら……」

「なんぞ思いついたんか？」

「まだわかりません。けど、いろいろ考えてみます」

「ということは？」

「はい……この依頼、お引き受けします」

そう言ってうなずいた鳥近の頭には、小夜姫《さよひめ》の顔が浮かんでいた。

（もしかしたら会えるかもしれない……）

鳥近はそう思った。

「ということは、烏近の旦那《だんな》はシャチホコのほうは依頼を引き受けて、大坂城のほうはまだ答えてないんだね」

霧雨紺太夫が呆《あき》れたように言った。場所は大川端《おおかわばた》に店を出している担ぎの煮売り屋である。煮しめや汁もの、冷や奴《やっこ》に漬けものといったちょっとしたおかずを売っているが、酒も出す。酒樽《さかだる》、醬油樽《しょうゆ》をひっくり返して置き、そこに酒肴《しゅこう》を並べての立ち飲みもできるし、床几《しょうぎ》を置いて、そこに座って飲み食いもできる。いたって簡便な店なのだ。お紺は茶碗《ちゃわん》の冷や酒をひと息でくーっと飲み干した。普段は雪のように白い二の腕がほんのり赤く染まっている。烏近は、

「しかたないでしょう。岸和田城ならなんとかなりそうな気がするけど、大坂城のほうはなにも思いつきません」

「嘘ばっかり。岸和田城なら小夜姫に会える、と思ってるんじゃないの?」

図星《ずぼし》だったが烏近はぶるぶるとかぶりを振り、

「そんなことないです。仕事は仕事です」

ありがた屋与市兵衛《よいちべえ》は、真っ黒になるまで煮しめたちくわをくにゃくにゃ嚙《か》みながら酒を飲んでいる。

「三十両もろとるのやから、その伊助とかいう瓦職人の無理はきいてやらなあかんわな。なんぞ考えついたんか」

「なーんにも。でかいシャチホコを五層の天守閣からこっそり下ろす、なんてことができるとは思えんなあ」

◇

「それやったらなんで引き受けたんや」

「古巣だから、なんとかなるんとちがうかと思ったんです」

お紺がタコと大根の煮物をつまみながら、

「ふん、どうだか。お姫さまのこと考えて、鼻の下伸ばしてたんじゃないの?」

鳥近は鼻の下をあわてて人差し指でこすり、

「こういうのはどうでしょう。弘法大師《こうぼうだいし》が昔、応天門《おうてんもん》の額の字を書いたとき、門に取り付けたあとで、『応』の字の点をひとつ打ち忘れたことに気づきました。みんなはもう一度足場を組んで額を下ろそうとしたけど、それを制した弘法大師は、筆にたっぷり墨を含ませて、地面から『えいっ』と投げました。筆はあやまたず額に当たって地面に落ちたのです。見ると、見事に『応』の字の点が書き加えられてたそうです。地面から筆を投げて、シャチホコの目を入れることはできませんかね」

与市兵衛が、

「応天門とかいう門の高さは何尺あるんや」

「さあ……五十尺(約十五メートル)ほどじゃないかな」

「五層の天守閣ゆうたらそんなもんやないで。だいたい地面から筆を投げて、屋根まで届くかいな。伊助にそんな技はないやろ」

「あきませんか……」

お紺が、

「シャチホコを地面に下ろすんじゃなくて、伊助さんを屋根に上げてしまえばいいんじゃない？　ひとつ下の屋根の端に滑車を取り付けてさ、自分は籠かなにかに入って、縄を結び付けて、自分で自分を引っ張り上げるっていうのはどうだろね」

与市兵衛が、

「よほどの腕力がいるで。それに、ひとつ下の屋根に滑車をつけられるんやったら、そんなことせんと、そのままいちばんうえの屋根に上がってしもたらええやろ」

「そらそやな。――けど、あんた、ひとの考えにケチばっかりつけて、自分の考えはないんかいな」

「ははは……そやなあ。こういうのはどや。カモをぎょうさん捕まえてきて、首に紐《ひも》をつけて、その端を伊助に握らせるのや」

烏近が、

「その先は聞かんでもわかります。カモ取り権兵衛《ごんべえ》でしょう。たとえカモが人間を空に飛ばせたとしても、上手《うま》い具合に天守のうえに連れていってくれるとはかぎらないのではないですか。下手《へた》したらとんでもないところに落とされますよ」

「カモがあかんのやったらサギはどや。『サギ取り』ゆう落とし噺《ばなし》を寄席で聞いたことあるけど、サギはカモよりかしこいかも……おい、お紺、聞いてるんか？」

「そんな話、真面目《まじめ》に聞けるもんかい。――このタコ、美味《おい》しいねえ」

烏近は、

「男の道楽は飲む、打つ、買う、女の道楽は芝居、コンニャク、イモ、タコ、ナンキン……と言いますけどまったくそのとおりですね。――そう言えば、岸和田にはタコの言い伝えがありますよ。建武《けんむ》の時代、岸和田城を襲った高波を、大ダコに乗った坊主が法力《ほうりき》で鎮《しず》めたそうです」

お紺が、

「へえー、乗ってるほうも乗られてるほうも坊主頭ってわけだね」

「まだあります。天正《てんしょう》のころ、太閤秀吉公の家臣だった中村一氏《なかむらかずうじ》という大名が岸和田城の主だったとき、紀州《きしゅう》の一向一揆《いっこういっき》が大軍で攻め込んできました。あわや……というとき、また大ダコに乗った坊主が現れて錫杖《しゃくじょう》を打ち振るい、敵をやっつけました。そのあと一向一揆側が数を頼んで盛り返したとき、海中から何千何万というタコの群れが現れて、紀州勢に墨を吐きかけたそうです」

「あたしゃタコは好きだけど、何千何万というのはちょっと気色悪いね……」

そう言いながらお紺はまたタコの煮物を口に放り込んだ。

「こうして敵は退散したのですが、そのタコ坊主が何者かわからん。すると、一氏の夢枕にその坊主が立って、わしは地蔵菩薩《じぞうぼさつ》だ、と名乗ったそうです。喜んだ一氏は地蔵を盛大にお祀《まつ》りしました。これが『岸和田の蛸《たこ》地蔵』の由来です」

与市兵衛が、

「そんなもん、ただの昔話やないか。タコが陸地にあがって墨を吐くかいな」

「けど、私の知ってる岸和田のひとはみんな信じてましたよ」

与市兵衛は半信半疑の様子で、

「わしはタコよりイカのほうがええな。――大将、イカの木の芽和《あ》えもらおか」

茹《ゆ》でたイカとタケノコを、すり潰した木の芽で和えた一品は春の味覚である。

「ああ、美味《うま》い。やっぱりタコよりイカやなあ。わしは、これさえあったらほかのアテはいらんわ。はあっ、ありがたい！」

目の縁を赤くしたお紺が、

「そう言えば今度、大川の土手でイカ合戦があるそうだね」

与市兵衛が、

「それは聞き捨てならん。イカの大食い試合か？　わしも出るわ」

「そうじゃないよ。イカといってもイカのぼりさね」

「なんや、そっちのイカかいな」

興味を失った与市兵衛はイカの木の芽和えに戻り、

「暇なおとながおるもんやな。寄ってたかってイカ揚げするんかい」

イカのぼりとはタコ揚げのことである。かつてはこれがたいへん流行《はや》り、老いも若きもイカのぼりに熱中した時代があった。どれだけ大きなイカを高く揚げられるかを競うだけでなく、相手のイカに喧嘩を仕掛けて墜落させたり、イカに刃物を仕込んで敵のイカや糸を切ったり……と、やることが次第に「遊び」とは言えなくなってきた。

江戸の武家屋敷では、落下した無数のイカによって屋根が壊れ、その修繕費が馬鹿にならなかった。また、大名行列のうえにイカが落ち、たいへんな騒ぎになったこともあった。こうして公儀はイカのぼり禁止を言い渡したが、江戸の庶民は「これはイカじゃねえ。タコだ」とわけのわからない言い訳でごまかし、イカ揚げを続けようとした。もちろんそんなことが許されるわけもなく、江戸では「正月だけイカ揚げを差し許す」ということになったのだ。しかし、上方《かみがた》ではいまだに「タコ揚げ」などという間抜けな言い方はしていないし、正月以外もずっとイカを揚げ続けている。

「暇どころか、みんな目の色変えてるそうだよ。今度のイカ合戦は一等に抜けたら賞金が三両だっていうから、今日も大川土手を通ったら、必死になって稽古《けいこ》してた」

烏近が、

「ははあん……それで近頃、イカのぼりがよくこのあたりに落ちてるのか……」

与市兵衛が、

「イカ揚げて、三両もらえたら御《おん》の字や。わしも出たろかいな。三両ありゃあ散財でけるで。はあっ、ありがたい！」

烏近が苦笑《にがわら》いして、

「おまえみたいな昨日今日の付け焼き刃じゃあとうてい無理。たぶん何十年も修業したイカ揚げ名人みたいなのがゴロゴロしてるはずです」

お紺が、

「ところがさ、今度のイカ合戦の優勝候補ってことで評判になってるのが、『イカ小僧』っていう子どもなんだよ。まだ八つだっていうけど、イカ揚げの腕はそんじょそこらのおとなが束になってもかなわないらしい」

与市兵衛が、

「お紺、おまえ、なんでそんなこと知っとるのや」

「会ったんだよ、その『イカ小僧』と」

お紺は今日の出来事《できごと》をふたりに話した。

「すごかったよー！　でっかいイカが上下左右に生きものみたいに動くのさ。落ちてくるイカにまっしぐらに近づいていって、ぽーん！　と足で蹴飛ばすみたいにあっちへやって……。思わず近くにいたひとに、あの子だれ？　ってきいちゃったのさ。そしたら、去年もイカ合戦で優勝した名人だっていうからびっくり！」

烏近が、

「ほほう……お紺さん、その子の家、どこかききましたか？」

「いや、それは……でもイカ好きの連中にきいたらすぐわかるはず」

与市兵衛が、

「なにか思いついたんか？」

烏近はうなずいて、

「岸和田の蛸地蔵です。坊主はタコのうえに乗っていた、というのを思い出したんです。ひとが乗れるような大きなイカのぼりをこしらえて、そこに伊助を乗せます。屋根のうえまで来たら、綱で下りてもらいます。首尾《しゅび》よく目を描き入れたら、また綱につかまって戻ってくる。真っ黒く塗ったイカで、綱も黒く塗って、夜中に揚げたらだれにも見つからないでしょう」

お紺が、

「でも、それこそあんた、そんなに上手くイカを操れないだろ。あたしたちでも無理さ」

「だからそのイカ小僧に頼むんです。お紺さん、すみませんけどその子の家、捜してくれますか」

「そりゃあいいけど……子どもを悪事に巻き込むのかい？」

「悪事？　とんでもない。亡くなった祖父さんに孝行しようという男の願いを叶えるのですよ。いわばひと助けです。それに、お城の堀の外から揚げたら捕まる心配もないでしょう」

「そういやそうだね。わかった。明日《あした》の朝、きいてみるよ」

お紺はそう言って煮ダコの最後のひとつを食べた。

「わしはどうするねん」

与市兵衛に鳥近は、

「そうだね。おまえは念のために伊助のことを調べてもらおうか」

「合点承知の助左衛門」

与市兵衛は頭をぺしゃりと叩いた。

◇

鳥近は、とある人物に手紙を出した。相手は、岸和田の岡部家中老《ちゅうろう》、蚊取源五郎《かとりげんごろう》である。内容は、天守閣のシャチホコを地上に下ろしたいがなんとかならないか、というものだった。蚊取は、かつて鳥近が仕官していたときに世話になったが、先日、川の流れについての無理難題を持ち込まれ、鳥近がそれを解決してみせた。向こうにしてみれば恩義があるわけだから、まさか力を貸さないとは言うまい。

すぐに返事が来たので、鳥近は翌日、岸和田にある蚊取の屋敷まで足を運んだ。かつて毎日見上げていた天守閣だが、それはただぼんやり眺めていただけだ。自分の目で確かめておきたいこともあったからちょうどいい機会である。

久しぶりに歩く岸和田の町はなにもかもが懐かしかった。天候も良く、城は海を背景に峨々《がが》としてそびえ、城下町の繁昌《はんじょう》ぶりも大坂に勝るとも劣らぬ。この地に骨をうずめるはずだったのだが、

（なにをどう間違ったのか……）

烏近はそんなことを思いながら、城の三の曲輪《くるわ》にある中老の屋敷に向かった。

「先日は世話になったのう」

茶を啜《すす》りながら蚊取はそう言った。

「おまえが辞めてから、殿が無理難題を言い出すたびにわしらではどうにもならず皆往生しておる。おまえのような才は、ほかに代わりがないものだ。川の流れを逆さまにする、などわしらでは思いつきもせぬわ」

「ところが此度《こたび》の難題はそれどころではありません。ご中老さまにお手助けをお願いしたいのです」

「そのことだが……」

蚊取はため息をつき、

「城の修繕についてはほんのちょっとしたことでも大公儀《おおこうぎ》に届け出て、その許しを受けねばならぬ。火事などで天守がほんの少し破損したのを、これぐらいならばよかろう、と修繕し、取り潰された大名も数多い。なにかあっても放っておくのが無難なのだ。しかも、現在、わが殿……岡部美濃守は国におられ、万事に目を光らせている。シャチホコを地面に下ろす、などと申さば、なにゆえそのようなことをする、公儀に目をつけられるようないらぬことをするな、

と言われることは必定《ひつじょう》だ」

「さようですか……」

岡部美濃守の細かい性格を考えると、うなずける話であった。もちろんたやすくことが運ぶとは思っていなかったが、作戦は最初の第一歩でつまずいた感じである。

「わかりました。策を練り直します。――ところで、小夜姫さまは近頃いかがお過ごしでしょうか」

「相変わらず蝶よ桜よウグイスよホタルよ鈴虫よ……という具合でな、お琴を弾いてご本を読んで……そんなお暮らしぶりだ。天衣無縫というか自由奔放というか浮世離れというか……殿はそんな小夜姫さまが愛《いと》おしゅうてならぬようでな、悪い虫がつかぬように、と……あ、いや、おまえのことではないぞ」

「ははははは……わかっております」

笑いでごまかすと、鳥近は岸和田城の天守閣をもう一度下からじっくりと見上げた。

（ふむ……）

鳥近は考え込んだ。

◇

岸和田を辞した鳥近はあれこれ考えたうえで伊助を呼び寄せた。

「岸和田城の知り合いにきいたのですが、シャチホコを下ろすことは無理のようです」

「なんやと？　それでは目を入れられんやないか」

「そこで思案したのですが……思い切って、足場を組んでしまう、というのはどうでしょう。

雨漏りがする、ということにして、天守の屋根を修繕するのです。その職人にまぎれ込んで、ほかの連中の隙を見て、ささっと目を描き入れる……」

「あかんあかん！　それやったら大勢の職人が屋根のうえにおる、ゆうことやろ。それではあかんのや」

「どうして？」

「どうして、て……どうしてもや！　シャチホコの目を描くゆうのは真剣勝負やで。ぎょうさんの人間が見てるまえではできん」

「困りましたね」

「わしも困っとる」

「もうひとつ案があります。イカのぼりを使うのです」

「イカのぼり？」

「はい……大きなイカのぼりを作って、それに伊助さんに乗っていただきます。天守の屋根に達したら降りてもらい、作業をしたらすぐにイカに戻って、下りてきていただく。これならシャチホコを外して地上に下ろすこともなく、目を描き入れることができるはずです」

「そんな離れ技ができるのか」

「たぶん……」

「うーん……わしは瓦職人やさかい高いところはそれほど苦手やないけど、イカのぼりに乗るのはさすがにむずかしいかも……」

「そこはなんとかします」

「早うしてや。いつまでもちんたら待ってられへんで。三十両払《はろ》たのやからな」

「わかっております」

鳥近はそう言うしかなかった。

◇

お紺は大川土手でイカを揚げている腕自慢たちにイカ小僧の居場所を聞いた。驚いたことにイカ小僧の父親は大工で、住んでいる長屋は黒田屋の持ちものだった。さっそくそこを訪れた鳥近だったが、

「はっはっはっ……たははははは……ひーっひっひっひっ……きゃっきゃっきゃっきゃっ……」

鳥近の話を聞いたイカ小僧は、手土産の饅頭《まんじゅう》を食べながら腹を抱えてサルのように笑った。

イカ小僧の本名は金吉《かなきち》という。イカ揚げ名人だった父親の影響で三歳からイカのぼりを揚げはじめ、みるみる上達した。今では、おとなでもかなうものはいない、という。顔もサルに似た容貌で、彫りが深く、手足がやたらと長い。

「なにかおかしいですか」

「きーっきっきっきっき！　おかしいもなにも……」

金吉は饅頭をもうひとつ頬張ると、

「イカのぼりにひとを乗せる、やなんてその思いつきがぶっ飛んでるやないか。気に入ったで」

「そうですか。では、力を貸していただけますね」

「それはどやろな。わても聞いたことがある。昔、柿木《かきのき》ナントカていう盗人《ぬすっと》がイカのぼりに

乗って名古屋のお城の金のシャチホコからウロコをはぎ取ろうとして捕まって、結局お仕置きになった、ゆう話や。わて、子どもやさかい、お仕置きにはなりとうないがな」

「もし、露見しても、お仕置きになるのは私ということにいたします」

「人間は弱いもんや。お奉行所で責められたら、つい『イカ小僧というやつがやりました』て言うてしまうやろ」

「そんなことはありません。私を信用してください」

「今日はじめて会うたもんを信用できるかいな」

そう言いながら金吉は四つ目の饅頭を口にした。

「まあ、それはそうですけど……」

「とはいうものの、おもろい話やなあ。できれば一丁噛《いっちょか》みしたいところや」

「おお……よろしくお願いいたします！」

それからしばらく話が続いたあと、

「また来ます」

烏近は腰を上げた。イカ小僧の金吉は唇についた餡《あん》をべろりと舐《な》め、

「おっちゃん、錦《にしき》屋の薯蕷《じょうよ》饅頭美味かったで」

そう言った。

◇

「というわけやねん、烏《う》ーやん」

与市兵衛の報告を聞いて烏近はうなずいた。

「どうせそんなことだろうと思ってたけど……よく調べてくれた。さぞかし喉が渇いただろう」

鳥近は与市兵衛のまえにある茶碗に酒を注《つ》いだ。

「はあっ、ありがたい！」

与市兵衛は茶碗を押しいただくと一気に中身を飲み干した。

「じゃあそろそろ岸和田に行こうか」

「ええ思案が浮かんだか」

「まあねー」

◇

鳥近は与市兵衛と伊助とともに岸和田に赴《おもむ》いた。イカ小僧の金吉は少し遅れてお紺が連れてくることになっている。与市兵衛と伊助のふたりを宿に残し、鳥近が向かった先は例によって蚊取源五郎のところだった。

「なるほど……そんなことがあったとはのう……」

蚊取は腕組みをして唸った。

「まことのところは確かめてみないとわかりません。ぜひ、お力添えを……」

「わかった。それならば公儀にもはばかることはないうえ、殿のご機嫌を損じることもあるまい。手を貸そう」

「ありがたき幸せ」

鳥近は頭を下げた。そして、日が暮れるのを待った。

「で、わしになにをさせよう、ちゅうねん」

伊助は宿の部屋で酒を飲みながら烏近にそう言った。目のまえには豪華とはいえぬが獲《と》れたての旬《しゅん》の魚の刺身、ガザミの味噌《みそ》汁、みずみずしいナスの漬けものなどが並んでいる。どれもこれも美味である。

「あなたにはイカのぼりに乗っていただき、大屋根に上がってもらいます」

「なんやと？　結局それになったんか」

伊助の顔色が変わった。

「怖いですか？　やめますか？」

「いや……怖いゆうわけやないけど……落ちたら死ぬからなあ」

「名人を見つけました。昨年のイカ合戦で優勝した凄腕《すごうで》です。ぜったい安心です。それに、私も一緒にイカに乗ります」

「うーん……」

伊助はしばらく考え込んでいたが、

「わかった。わしも男や。やったるわい。その代わりその名人によう言うといてや。気ぃつけろ、て」

「承知しました」

相手が八歳だということは言わなかった。伊助は盃《さかずき》を伏せ、

「茶、もらおか。そうと聞いたら、これ以上は酔わんほうがええやろ」

与市兵衛が、

「酔っぱらったほうが怖さがなくなるんとちがうか」

「アホ。酔うて、足滑らしてイカから落ちたらどうするねん」

烏近が、

「身体《からだ》を命綱で結んでおきますから、そんなことにはならないと思います」

そう言いながら窓から外を見た。朧月《おぼろづき》がそろそろ天心《てんしん》に達する時分である。

「そろそろ参りましょう」

三人は同時に立ち上がった。

◇

三人は夜陰《やいん》にまぎれて、岸和田城の外堀の縁に陣取った。イカ小僧が身体よりはるかに大きな大きなイカのぼりを支えて立っている。

「おい……おい！」

伊助が烏近に言った。

「なんです？」

「子どもやないか」

「そうですけど……」

「だいじょぶか？」

「だれもが認める名人です。去年のイカ合戦の一等で、今年もたぶん……と言われてます。これ以上の御仁《ごじん》はおられません」

「うーん……そうか……うーん……」

唸る伊助に金吉は、

「おっちゃん、わてが気に入らんのやったら帰るで」

「あ、いやいや……おってもらわんとどもならん。よろしゅう頼むわ、名人」

「きゃっきゃっきゃっきゃっ……ききききき……」

金吉はけたたましく笑うと、墨で塗ったように真っ黒い巨大なイカを撫《な》でた。伊助はイカのぼりのいちばん下にある横棒に乗ったが、それだけではあはあと荒い息になった。

「まだ引き返せます。やめるなら今ですよ」

烏近が言うと伊助はかぶりを振り、

「いや……やる！」

「さすがです。亡くなった祖父さんのためですものね」

「…………」

烏近は伊助に目隠しをした。

「こうしておけば多少は怖さが減るでしょう」

「そ、そやな……」

「では、私も乗せていただきます」

烏近がそう言ったとき金吉が、

「ええ風が吹いてきた。今や、揚げるで！」

伊助の乗ったイカのぼりは、ぐらりと揺れた。

◇

ぐらり、ぐらり……イカのぼりは前後左右に揺れながら、折からの春風にあおられてゆっくりと揚がっていった。

「うわあ……うわあ……うわあっ……うぎゃあああっ……」

目隠しをされた伊助は自分の身体が上昇していくのを感じていた。

「うるさいなあ、もうちょい静かにできませんか」

烏近に言われて、

「で、でけるかい！」

「私は目隠しなしでイカに乗ってるのですよ。でも、まあ……それにしても揺れますね」

「ううう……なんか気持ち悪うなってきた。吐きそうや」

「イカのぼりのうえで吐いてもらったら困ります。我慢してください」

「ううう……ううう……」

伊助はがたがた揺れるイカのぼりに時折悲鳴を上げたが、

「騒々しいとバレますよ。お静かに」

と烏近に言われ、ぐっと唇を噛みしめた。やがて、

「そろそろ屋根に飛び移ります。いいですね」

「お、おう……」

伊助は身を硬くした。烏近はそんな伊助の身体を背後から抱きしめると、

「一《ひ》の二《ふ》の……三《みっ》つ。それっ……！」

ふわっ……と身体が浮き、すぐに下降した。足が硬いものを踏みしめた。

「はい、もう大丈夫です。目隠しを取ってください。びっくりしてあわてふためかないようにしてくださいね」

伊助はみずから目隠しを取った。そこはたしかに天守閣の頂《いただき》だった。目の下に瓦が並んでいる。その先には、城の曲輪、堀、そして城下の町々が見える。すぐ横には、今乗ってきたものと思われるイカのぼりが浮かび、そのまたうえには朧月が淡い光を放っている。

「とうとう来たんやな、お城の屋根に……」

伊助は感に堪えぬような声で言った。

「そうです。時間がありません。早くシャチホコに目を入れてください」

「そ、そやったな……」

伊助はシャチホコを探した。

「おお……これや!」

シャチホコ瓦には阿吽《あうん》がある。狛犬《こまいぬ》や仁王と同じで、一対のものの片方が口を開き、片方が口を閉じているのだ。伊助は屋根の左右に取り付けられているシャチホコの、口を開いているほうによたよたと近づいた。烏近もあとを追った。たしかに壮麗なシャチホコだった。金箔とはいえ、月光にぼんやりと輝く鱗《うろこ》はなんともいえぬ風情に見えた。牙の生えた顔の恐ろしさは、たとえ雷が落ちようがこの天守を守ってみせる、という気迫が感じられ、これを作った職人の並々ならぬ腕が見てとれた。

「伊助さん、このシャチホコは両目とも目玉がありますよ。向こうのシャチホコではないのですか?」

鳥近が言うと、

「こっちでええのや」

そう言うとシャチホコの口のなかに手を突っ込もうとする。

「なにをしてるんです？　早く目を入れないと……」

「うるさいなあ。黙っとれ！」

いらだたし気にどなりながら、伊助はなおもシャチホコのなかを手で探る。

「あ、あった……！」

なにかを取り出す。それは油紙で厳重に包まれたものだった。

「へっへっへっ……あのジジイ、死ぬ間際にはほんまのこと言いよったんやな」

「それはなんですか」

伊助は振り向くと、

「金の塊や。千両ほどになるらしい。わしの知り合いの喜助ゆう盗人が、ある両替屋の蔵から盗んだもんや。捕り方に追われた喜助は、逃げて逃げて、瓦屋町《かわらやまち》にあった『瓦徳《かわらとく》』ゆう瓦屋に逃げ込んだ。そして、そこにあったシャチホコの口のなかに金を油紙に巻いて貼り付けたのや。そのシャチホコは、岸和田のお城のシャチホコが壊れたさかい、新しく焼いたもんで、納品する間際やったらしい」

「喜助さんというのはあなたの祖父さんではなかったのですね」

「ただの他人や。——喜助は瓦屋からも逃げたけど、お縄になった。けど、金のありかは吐かず、遠島《えんとう》になった。ご赦免《しゃめん》になって大坂に戻ってきたときにわしと知り合《お》うたのや。小悪党《こあくとう》同士の心やすさでなんやかんやと付き合うてたのやが、島暮らしはよほどきつかったらしゅうて、少しまえに死んでしもた。その死に際にわしに教えてくれたのが、岸和田城のシャチホコの一件や。『あそこのシャチホコには千両隠してあるのや。おまえには世話になったさかい、形見代わりにやるわ』……そんなことを言い残して死んだのやが、ほんまかどうかは半信半疑やった。けど、ついこのまえ、その両替屋の蔵から千両の金塊が盗まれたことがある、て聞いたもんでな、ちょっと賭けてみる気になったのや」

「千両から三十両引いても九百七十両のもうけ。ボロい商いですね」

「アホ！　三十両も渡す気はないで」

伊助はふところから匕首《あいくち》を取り出した。柔らかい春風がいつのまにか強風に変わっていた。

「おまえにはここで死んでもらう」

伊助はじりじりと烏近よりもうえの位置を占めるように動いた。烏近はため息をついて、

「あなたは私に嘘をつきましたね。それでは取り決めは無効ということになります」

そう言うと烏近も伊助に向かって身構えた。といっても刃物の類《たぐい》は所持していないので丸腰である。

伊助は笑って、

「無効やったらどうなるねん」

「違約金として……千両いただきます」

「死ねっ……！」

伊助は匕首を突き出した。烏近は何度かそれをかわしたが、なにしろ急斜面の屋根のうえで

ある。大きく動いたり、走ったりするわけにはいかない。伊助は、屋根瓦を剝《は》がして鳥近に投げつけた。鳥近の足がずるっと滑った。伊助はここぞとばかりに匕首を振りかざし、鳥近に斬りつけた。

「うわっ……！」

鳥近が避けようとして身体を右にひねった瞬間、伊助は鳥近の背中を蹴飛ばした。

「ぎええっ！」

鳥近は転倒し、そのまま屋根のうえを滑り落ちた。かろうじて軒先瓦をつかんだが、それも一瞬のことだった。すぐに指が離れ、暗闇のなかに墜落していった。伊助はにやりと笑い、

「アホなやっちゃ……」

そう言うと、イカのぼりに歩み寄った。真っ黒なイカのぼりは動くことなく、天守のすぐ横に揚がっている。そこから黒い綱が一本垂れている。伊助の腰に巻かれている命綱は、イカのぼりにつながれている。

「金吉ゆう小僧はたしかに名人やな」

そして、綱を両手で握り、ぶら下がろうとして引っ張った。しかし、イカはその動作によってすーっと下降した。伊助は顔をしかめ、

「なんや……頼りないな……」

もう一度やってみる。イカのぼりは大きく揺れて、とてもぶら下がれそうにない。

「おかしいな。来るときはふたり乗りでも上手いこといったのに……」

何度やってもそのイカには伊助が乗れるような浮力はなさそうだ。次第に伊助の顔色が青ざ

めていった。

「せっかく千両手にしたのに、このままやったら生涯この屋根のうえにおらなあかん。どないなっとんねん……！」

そのうちに、イラッとした伊助がぐっと体重をかけて綱を引いたとき、イカは傾いて、そのまま墜落していった。呆然《ぼうぜん》としてそれを見つめる伊助の耳に、信じられない声が聞こえてきた。

「イカのぼりに人間が乗れるなんて夢物語だそうですよ」

「だ、だれやっ！」

「私です。白鷺烏近です」

その声は、屋根のすぐ下から聞こえてきた。やがて、烏近の顔が現れた。

「お、おまえ……生きてたんか！」

「はい。こういうこともあろうかと、帯と屋根の縁を黒く塗った長い縄でつないでおいたのです」

烏近はひょいと屋根に跳び上がり、

「イカ揚げ名人のイカ小僧先生にきいたのですが、イカのぼりで人間が空を飛ぶ、なんてことはできないそうです」

「なんやと！」

先日、金吉にそういう相談をもちかけたところ、彼はこう答えた。

「きーっきっきっきっ！　イカのぼりにひとを乗せられるかどうか、やなんて、きくほうがどうかしとるわ」

「そうでしょうか」

「考えてもみいや。イカに人間ひとり乗せるには……」

「できたらふたり乗せたいんですが……」

「ふたり！　きゃっきゃっきゃっきゃっ……」

金吉は笑い転げている。

「わては詳しいことは知らんけど、ナントカいう学者の先生が調べたら、人間ひとりイカに乗せるには、風が弱いときやったら縦が百六十尺、横が百三十尺もある化けものみたいなやつを作らなあかんそうや」

「百六十尺？」

闇夜だろうとなんだろうとぜったいにひと目につく。すぐバレる。

「それに、その先生によると、イカの大きさを縦九尺、横六尺ぐらいの、人間ひとりが乗れるぐらいにしたら、なにかにつかまってないと立ってられへんぐらいの強い風が吹いてないと揚がらんらしい。ふたりやったらなおさらやで」

野分《のわき》（台風）でもないかぎりそんな風はなかなか吹かないだろう。

「イカのぼりの材料は竹と紙や。そこまで強い風やと、すぐに折れてしまうわな。——まあ、とにかくイカにひとを乗せるのは無理や。ていうか……ちょっと考えたらわかるやろ」

「うーん……そりゃまあ……」

八歳の子どもに論破されて鳥近はへこんだ。鳥近は伊助に、

「というわけで、あなたはイカのぼりに乗ってここに来たんじゃないんです」

「ほな、どないして……」

「普通に、天守閣のなかの梯子段《はしごだん》を上ってきたんです。最初に目隠しをしてイカに乗ってもらったあと、私と仲間があなたを揺らしながら運びました。重かったですよー」

「てめえ……だましたな！」

「だましたのはあなたでしょう。依頼を聞いた私は、あなたのことを一応知り合いに調べてもらったのです。すると、あなたも、あなたの祖父も瓦職人ではないことがわかりました。しかも、あなたが付き合いのあった喜助という老人は、その道では知られた盗人だそうじゃないですか。その時点で、あなたがシャチホコにこだわるのは、目を入れる以外の理由がある、と思ったのです」

「わかってて、わしをここに上げたんか」

「あなたの狙いがなんなのか知るためです。まさか千両の金塊とは思いませんでしたが……」

「ちっ……！」

伊助は舌打ちしてもう一度匕首を構え直すと、

「あの世に行け！」

突っかかってきた伊助を受け流すと、烏近はその脾腹《ひばら》を拳で突いた。低く呻《うめ》いた伊助は、なんとか体勢を保とうとしたが無理だった。尻もちをつき、そのままごろごろと転がり落ちていって、屋根の縁でかろうじて止まった。烏近は伊助に近づき、その腕をつかんで立ち上がらせようとした。しかし、伊助は荒い息を吐きながら全身をがくがく震わせて動こうとしない。顔は真っ青である。

やや離れたところの屋根瓦が数枚外され、穴が開いている。烏近はむりやり立たせた伊助をそこに連れていき、なかに入れた。伊助は待ち構えていた岡部家の家臣たちに拘束されたが、もはや手向かう気力もない様子で、その場にしゃがみ込んでしまった。

◇

烏近は、与市兵衛の調べによって、伊助と喜助が瓦職人ではなく盗賊だと知った。そして、ほぼ同時に、イカのぼりでは天守に上ることができぬと知り、中老蚊取源五郎に相談をもちかけたのだ。蚊取は岡部美濃守に見つかることを恐れたが、盗賊がシャチホコに何の用があるのかをつきとめるため、結局は天守閣の屋根瓦を外して穴を開けることを諾《だく》した。それぐらいの作業なら足場を組まなくても内側からできる。

烏近は、伊助のふところから油紙に包んだ金塊をつかみだし、蚊取源五郎に見せた。

「この金、どう始末するつもりだ」

「町奉行所に届けて、両替屋に返してもらいます」

「イカのぼりはいかがする」

「あのイカは城の外から揚げており、合図をすれば下げる手はずになっております」

「それでよい。――万事めでたしめでたしだ。では、殿に見つからぬうちに早う去《い》ね」

「はあ……その……」

「なにをもじもじしておる」

「あの……その……小夜姫さまにひと目だけでも会えませんでしょうか」

「馬鹿を申すな。それこそ無理難題というもの。殿にバレたらとんでもないことになるぞ」

「それはそうなんですが、せっかく久しぶりに城に参ったのです。なんとかなりませんか」

「ならぬならぬ。おまえはもうこの城のものではないのだ。天守に入れてやり、屋根に細工《さいく》することを許してやっただけでは足りぬのか。増長もいい加減にせい」

烏近はしょんぼりと天守を下りるしかなかった。借りた提灯《ちょうちん》をかざして本丸から二の丸へ架かっている橋を渡っていると、

「おーい、烏近！」

後ろから声がした。振り返ると、懐かしい小夜姫がそこに立っていた。

「久しぶりじゃのう。息災《そくさい》にしておったか」

「はい。姫さまこそお元気そうで」

「元気、元気！　このとおりじゃ」

小夜姫が大声を出したので、烏近はあわてて唇に人差し指を当て、静かにするよう仕草で伝えたが、

「蚊取の爺《じい》がこの橋におればよいことがある、と申したのはこのことであったか。わらわの部屋へ参れ。つもる話をしよう」

「ダメです！　見つかったらたいへんなことになります。ひとを待たせてあるので、私はもう帰らねばなりません。今日は久しぶりに姫のお顔を拝見しただけで満足です」

「なんじゃ、つまらん。もう帰るのか。では、また来《こ》よ」

「はい、きっとまた参ります」

「きっとじゃぞ」

小夜姫は笑顔でそう言った。烏近は胸がいっぱいになり、蚊取源五郎の配慮に感謝しながらその場を離れた。

◇

それぞれの門は、蚊取の手配で錠《じょう》が開けられていた。烏近は三の曲輪の外に出た。堀の側で金吉がぶすっとした顔で待っていた。

「待ちくたびれたわ。眠いやないか」

「申し訳ない。錦屋の薯蕷饅頭ひと箱で許してください」

「ふた箱や」

「わかりました。ふた箱で手を打ちましょう。――それとですね、金吉さん、もうひと働きお願いしたいことがありまして……」

「イカにひとは乗せられへんで」

「わかってます。つぎはこういうことをしてほしいんですが……」

烏近は歩きながら自分の計画を話した。

「なかなかむずかしいけど、やってみるわ。けど、また夜中かいな。夜に子どもを働かせるのやないで」

「ごもっともです」

金吉は指を三本突き出して、

「饅頭三箱や」

「はいはい。よろしくお願いします」

烏近はそう言って頭を下げた。

◇

「引き受けていただいて感謝しとります」

黒田屋律兵衛と内儀のはるが言った。ここは黒田屋の離れにある座敷である。目のまえで床についているのは主の呂兵衛である。例のシャチホコの一件からひと月近くが経《た》っていた。そのあいだ、烏近は何度もこの座敷に通った。そこの窓から大坂城が遠目に見えるのだ。今は窓は閉められている。

「烏近先生、すんまへんなあ、うちのせがれ夫婦が無理言うたみたいで。けど、どうしても大坂城の天守閣を見てから死にたいんだす」

「無理難題をなんとかするのが私の商売ですのでご心配なく」

「なにもほんまもんの天守を見たいわけやない。天守閣があった時分はこんなんやったやろなあ、ていう絵が頭のなかに描けたらそれでよろしいねん。と言うて、しょうもない趣向ではかえってぶちこわしになってしまう」

「おまかせください」

もうひとり客がいる。兵庫の回船問屋浦風平九郎である。平九郎は頭を掻《か》き、

「わしの言葉に呂兵衛さんがそんなに傷ついてるとは知らなんだ。申し訳ない。もう二度と言わんさかい堪忍《かんにん》してくれ」

呂兵衛は、

「かまへん。そのおかげでこうして烏近先生が骨折りしてくれはった。どんなもんかわからん

けど、死に土産に拝ませてもらいまっさ」

　鳥近は座敷の窓を細めに開けた。

「そろそろいいようです。――律兵衛さん、主さんを起こしてさしあげてください」

　律兵衛とはるが呂兵衛の身体を起こし、その背中を支えた。

「では……どうぞ」

　鳥近は窓を全開にした。

「おおっ……！」

　呂兵衛は叫んだ。呂兵衛だけでなく、律兵衛、はる、平九郎も声を上げた。城の本丸と山里曲輪のあいだ……普段はなにもない場所に五層の天守閣が建っている……ように見える。月の光を浴びて、それは巨大な影のように黒々とそびえ立っていた。呂兵衛はその威容に圧倒されたように、

「すばらしいやないか……やっぱり大坂のお城は天下一や」

　平九郎も、

「恐れ入った。姫路のお城もええけど、大坂のお城は格別やな」

　呂兵衛は、

「はははは……浦風はん、どや。勝負あったやろ」

　そのとき、鳥近はぴしゃりと窓を閉めた。

「なにをするのや……！」

　呂兵衛は立ち上がると窓を開けようとした。律兵衛とはるは顔を見合わせた。立ち上がるよ

うな元気はまったくなかったはずなのである。烏近が呂兵衛に、

「こういうものは一瞬だからいいのです。長く見ているとボロが出ますので、あしからず」

「かまわん。ボロが出てもええさかい、もっぺんだけ見せてくれ！」

そう言うと窓を開けようとして烏近ともみ合いになった。そして、烏近の手を引き剝がすと窓を開けた。

「あっ……！」

天守閣の位置が変わっていた。さっきよりずいぶんと西側に移り、しかも空に浮いていた。そのうえ、かなり小さく見えた。呂兵衛は、

「イカやったのか……」

烏近は、

「だから見ないほうがいい、と言ったんです。かなり大きなイカとはいえ、本ものの天守閣と同じ大きさのイカは作れません。それを、揚げる場所とこの座敷までの距離との兼ね合いで、城のなかに巨大な天守が建っているように見せたのです」

金吉は、天守閣の形をした大イカを大川の土手から揚げていた。それがちょうど城の塀から天守がそびえて見える一瞬を狙って、烏近は窓を開けたのである。もし、役人に見つかったら、今度のイカ合戦の下準備をしている、と言い訳するつもりだった。

しかし、呂兵衛は涙を流していた。

「おおきに……おおきに！　わしの長年の願いが叶った。たとえ一瞬でも大坂城の天守をわしは見たのや。今の景色、目にはっきり焼き付けたで。あんたのおかげや！」

その声にはさっきとは比べものにならないほど力がこもっていた。

「これでわしのやりたいことがはっきりした。お上にお金を寄付して、天守を造ってもらうのや」

律兵衛が、

「なに言うとりますのや、お父っつぁん。そんなもんちっとやそっとのお金ではできまへんで」

「おまえこそなにを言うとる。わしひとりなら無理かもしれん。けど、大坂中の商人に呼びかけたらどうなる？　大坂には鴻池《こうのいけ》はんも住友《すみとも》はんもおる。大坂城に天守が欲しい、と思とる商人は多いはずや。わしらが真剣になったら、ご城代《じょうだい》も動いてくれるのやないか」

平九郎が、

「なるほど……それはええ。わしも手伝わせてもらうわ」

呂兵衛は血色のいい顔で、

「これからの人生をわしは天守復興に捧《ささ》げる決心や。そのためには金がいる。当分、黒田屋の身代は譲らんで」

律兵衛が泣きそうな顔で、

「ええっ！　それは話がちがう……」

律兵衛は烏近につかみかからんばかりに、

「親父に天守閣見せたらそのままあの世に逝《い》ってくれると思とったのに、元気になってしもたやないか。どないしてくれるのや！」

はるも、

「このままやったらいつまでもこのお店のお金が自由に使えんやないの。お父さんが、天守を見たら死ぬ、て口癖みたいに言わはるさかい、あんたに頼んだのに……」

烏近は苦笑しながら、

「どうせそんなことだろうと思っていました。――では、私はこれで」

呂兵衛が、

「まだよろしいやないか。お酒の支度もさせますさかい……」

「いや……やめておきます」

頑《かたく》なに酒肴を断り、烏近は黒田屋を辞した。気まずい空気のなかでの酒宴はご免である。
・金吉は、後日開催されたイカ合戦で、大坂城天守閣を模した大イカを揚げ、見事に優勝した。烏近は優勝祝いに饅頭十箱を進呈した。
・柿木金助《きんすけ》という盗賊が大凧《おおだこ》に乗って名古屋城の金のシャチホコの鱗を盗んだ、という歌舞伎(「傾城《けいせい》黄金《こがねの》鯱《しやちほこ》」)がある。金助は実在の盗賊だが、彼がやったのは名古屋城の土蔵に忍び入り、ものを盗んだだけである。しかも、金助が凧に乗る場面は明治時代以降に加えられたものではないか、と言われている。

座敷童子《ざしきわらし》を呼び戻せ

霧雨紺太夫《きりさめこんだゆう》ことお紺《こん》は南蛮手妻《てづま》の芸人で、とくに水芸《みずげい》を得意としている。ひょんなことから「無理難題の解決」を仕事にしている白鷺烏近《しらさぎうこん》という男と知り合った。

白鷺烏近は、淀屋橋《よどやばし》のたもとにつないだおんぼろの屋形船《やかたぶね》を家代わりにし、「ご無理ごもっとも始末処《どころ》」という看板を揚げている変わり者だが、お紺は初対面のときから馬が合い、今ではともに大酒を飲む間柄になっていた。

お紺は、大酒も飲むが、甘いものにも目がない。いわゆる「雨風《あめかぜ》」というやつだ。雨は酒のことで、風は餅のことを言うらしいが、なぜ風が餅なのかはよくわからない。お紺は黒砂糖を使ったような一文菓子《いちもんがし》の類《たぐい》も嫌いではないが、ときには思い切って大金をはたき、高級な菓子を買うこともある。羊羹《ようかん》でも、安価な蒸羊羹ではなく練り羊羹を、それも極上の小豆《あずき》と寒天を使ったものを選んだりする。

（烏近さんのところに持っていく手土産《てみやげ》、ということにして、向こうで一緒に食べてやろう）

そんな魂胆《こんたん》でお紺は心斎橋《しんさいばし》の「菓子匠吉鶴《かししょうきちづる》」へ立ち寄った。吉鶴は老舗《しにせ》で、値も張るが、材料も吟味されており、職人が手間を惜しむことなく菓子をこしらえている。毎年春と秋に新しい菓子を発売するのだが、それを楽しみに待っている客も多いと聞く。

「すみませんが『小鳥饅頭《ことりまんじゅう》』を六つください」

お紺は丁稚《でっち》に言った。ここは製造だけでなく店頭での小売りもしているのだ。

「へえ……おおきに……」

丁稚は張りのない声で言った。お紺はなんとなくそれが気になった。以前、店《みせ》のものたちはもっと活気があり、返事もはきはきとしており、忙しそうに働いていたように思う。客も大勢押しかけていた。しかし、今は閑散としていて、掃除が行き届いていないからか、壊れたところを直していないからか、店構えも貧相になったように思える。

「なにしとんのや！　とっととお得意廻《まわ》りに行きなはれ！」

番頭らしき男が大声で店のものを怒鳴《どな》りつけている。お紺は、手渡された折りを持って店を出た。以前は、この店で買いものをすると、心が弾《はず》むような気分になったものだが、今日はそれがない。寒々とした気持ちでお紺は歩き出した。

◇

「うーん……」

名物の小鳥饅頭をひと口食べたお紺は唸《うな》った。

「どうしたんです？」

茶を啜《すす》りながら烏近は言った。波がぶつかって屋形船ががぶるたびに湯呑みから茶がこぼれそうになる。

「いや、なに、味が落ちたなあと思ってさ……」

「お紺さんも舌が肥えてますね」

「そんなんじゃないけど、ここのお菓子はなんでも高いんだよ。まえはその値段相応の味だったんだけど……」

「どれどれ」

烏近は饅頭をひとかじりした。

「どう？」

「私はお菓子のことはまるでわかりませんが、たしかに、以前にちょうだいしたときはもっと上品な甘さだったような気がします」

「そうでしょう？　あたしもそう思うのさ。久々に行ってみたら、なんとなく店先が暗くてねえ。お菓子屋さんなんて、呉服屋とか小間物屋と同じで、入った途端に気分が華やぐようでないといけないのに、あれじゃお客も減るよ」

「お客さん、いませんでしたか？」

「まえは行列してたのにね。それに、番頭みたいなやつが丁稚さんをさんざん怒鳴ってて、雰囲気悪かった。ああいうことは店先でやったらダメだね。もう行かない」

お紺は、饅頭の残りを口に放り込み、茶を飲んだ。

「それに、これまでは春と秋に新しいお菓子を売り出してたんだけど、今はそれもやってないんだってさ。そういう張り紙が出てた。がっかりだよ。――たしか三津寺町《みつでらちょう》に一年ぐらいまえに『蜜繁《みつしげ》』という店ができてさ、たいそう評判がいいから、今度そこのお菓子を買ってくる」

そのとき、

「ご無理ごもっとも始末処の白鷺烏近先生はいらっしゃいますか」

という声が船の外から聞こえた。

「お客さんみたいだね」

お紺はあわてて饅頭を片づけると、

「じゃあ、あたしはこれで……」

「いいですよ、一緒にいてください」

そう言われてお紺は隅のほうに座り直した。入ってきたのは商人《あきんど》らしきふたりの男だった。やや若いほうの顔を見て、お紺が驚いたような表情になったが、その理由は口にしなかった。

若い男がもうひとりについて、

「このお方は心斎橋筋《しんさいばしすじ》で菓子屋を営んでおります吉鶴の主《あるじ》、鶴兵衛《つるべえ》。わてはそこの番頭を務めております松助《まつすけ》と申します」

烏近はお紺のほうをちらと見た。お紺はかすかにうなずいた。松助が烏近に、

「なんぞおましたか？」

「あ、いやいや、なんでもありません。それでご用のむきは？」

番頭の松助が、

「こちらはどんな無理難題でも解決してくれると聞きましたが、それに相違おまへんか？」

「お上《かみ》のお咎《とが》めを受けるようなこと、神さま仏さまにしかできぬこと、依頼人が私に嘘《うそ》をついてだましている場合……この三つはお引き受けしかねます」

松助は鶴兵衛に、

「そらそうだっしゃろな。旦《だん》さん、そう都合ようにはいきまへんわ。旦さんのお頼みは神さま仏さまにしかできんことやおまへんやろか。あきらめて帰りまひょ」

烏近が、

「そうかもしれませんが、とりあえず一度お話しいただけますか」

そう言うと、鶴兵衛はその場にいきなり両手を突いて、

「座敷童子を呼び戻してほしいんだす。お願いします!」

なんのこっちゃ、と烏近は思った。座敷童子という言葉を聞いたことはあるが、それがどういうものかは知らない。松助が半笑いを浮かべながら、

「座敷童子というのは、みちのくのあたりに伝わるお化《ば》けみたいなもんだすな。夜中に糸車を回す音が聞こえたり、灰のうえに足跡をつけたり、泊まり客の枕返しをしたりしますのや。姿は見えんけど、ときどき座敷で知らぬ子どもが遊んでる気配を家のものが感じることはあるらしい。座敷だけやのうて、蔵に住む『蔵ぼっこ』ゆうのもおるそうだすわ」

「はあ……。なにか悪さをするのですか。ひとを食うとか……」

「なにもしまへん。ちょっとした悪戯《いたずら》をするぐらいだす。それに、座敷童子が住みついた家は富貴《ふうき》になる、と言われとります」

「それならなにも気を遣うことはないお化けですよね」

「ところが、逆に、座敷童子が出ていった家は衰える、とも言いますのや。うちの主が心配しとるのはそれだすねん」

松助の口調には、こんなくだらぬことを他人に真面目《まじめ》にしゃべるのはアホらしい、という気持ちが感じられた。

「番頭さんは見たことはあるのですか」

「おます」

「えっ？　座敷童子を？」

「ははは……わてが見たのは座敷童子やのうて、ただの子どもだす。たぶん近所の子が入り込んでたんだっしゃろ。そもそも座敷童子てな化けものがおる、やなんてそんなアホなこと……」

主の鶴兵衛が、

「あんたは黙ってなはれ、わしからお話しいたしまひょ」

そう前置きして話を引き取った。

「ちょっとまえまでは、吉鶴ゆうたら大坂《おおさか》の菓子屋のなかでも幅のきいたもんだした。心斎橋のにぎわいのなかで代々商売させてもろて、お公家《くげ》はんや茶人《ちゃじん》、大商人《おおあきんど》、お武家さまにも大勢お得意がいてました。ところが、あるときを境に急に衰えてしまいましてな、今は見る影もないありさまでおます。なにがあかんのかといろいろ手を替え品を替えて努力してみたものの、一度離れたお得意は戻ってこん。このままでは吉鶴は潰《つぶ》れてしまいます。――わしはそれが、座敷童子がいなくなったせいやないか、と思とりますのや」

鶴兵衛の話はこうだった。二年ほどまえ、まだ店が左前《ひだりまえ》になっていなかったころのこと、奉公人の間で、

「三番蔵でときどき子どもを見かける」

という噂《うわさ》があった。明るいところから暗い蔵のなかに入ったとき、みすぼらしい恰好《かっこう》をした子どものような影がさっと動くことがある。二度見すると、もう姿はない。なかには、蔵の裏手で子どもを見かけたが、こちらに気が付くとあわてて裏木戸から外に走り出ていった、というものもいた。また、蔵の横に小さな祠《ほこら》があるのだが、夜中、そのまえにぽつんと立っているのを、小便に起きたときに見た、という丁稚もいた。いつしかそれが主である鶴兵衛の知るところとなった。鶴兵衛が松助との世間話のなかでなにげなくそのことに触れると、

「うわあ、旦さんのお耳にも入りましたんか。店のものには厳重に口止めしてましたのやが」

「大げさに言いなはんな。蔵に子どもが入り込んだぐらいたいしたことやないがな」

「そんなことはおまへん。うちは菓子屋だす。蔵には、ひとの口に入るもんがぎょうさん置いてあります。子どもの好みそうな、砂糖とか水飴《みずあめ》とかもおますがな。そういうもんに悪戯《いたずら》されたり、盗み食いされたりしたらたまったもんやない。もし見つけたらとっ捕まえて、ふん縛《じば》って、どつきまわしてから放り出したろうと思とりますさかいご安心を」

「なにを言うのや。相手は小さい子どもやで。どこか近所の子が鬼ごと（鬼ごっこ）でもしてたのやろ。手荒なことはしてやるな。口で言うてきかせるだけで十分やないか。うちの菓子は、お子たちにも喜ばれとる。いわば子どもはお得意さんやがな」

「失礼ながら、旦さんは甘《あも》うございます。その子どもというのをわても一度だけ見たことがお

ますけど、ひと目で貧乏人の小せがれとわかる身なりで、うちが扱《あつこ》うとります高級な菓子を買うような手合いやおまへん。何度も見かけるのは、もしかしたら蔵のものを盗みに来とるのかもしれまへんで。ああいうやつは放っておくとつけあがって、何べんもやりますのや。身体《からだ》でわからせたほうがよろし」

しかし、鶴兵衛にはどこのだれかわからぬその子どもを厳しく罰することをためらう理由があった。かつて、鶴兵衛と内儀《ないぎ》のなつのあいだにできた鶴一《つるいち》という息子が四歳のとき、蔵に入り込み、保管してあった砂糖をなめたことがあった。砂糖はたいへん貴重であり、以前は海外からの輸入品しかなく、医薬の扱いで公儀《こうぎ》が厳重に管理していた。菓子商でも、上菓子《じようがし》屋仲間という団体に所属した店でないと自由に扱うことはできず、ましてや庶民が気ままに売買できるようなものではなかった。

鶴兵衛は、鶴一を激しく叱った。菓子屋の跡継《あとつ》ぎとして、やっていいことと悪いことのけじめを教えようとしたのだ。鶴一はいつもは優しい父親のきつい叱責に驚き、店から飛び出した。そして、たまたま走ってきた醬油《しようゆ》問屋のべか車《ぐるま》にはねられて亡くなったのである。鶴兵衛はそのことを深く悔い、屋敷の敷地に小さな祠を作って、そこに鶴一の霊を祀《まつ》ったのだ。かなりまえのことではあるが、鶴兵衛夫婦にとってそのことは深い傷として残っており、今も日々の参拝を欠かさない。

その後、ある丁稚が夕方に蔵のなかで子どもを見つけ、大声を出した。飛んできたほかの丁稚や手代《てだい》たちが捕まえて、松助に知らせた。松助はみずから出向き、その子どもを打擲《ちようちやく》した。子どもは「堪忍《かんにん》して……!」と言ったが松助は許さず、その子を棒で殴《なぐ》りつけて叩《たた》きだした。

子どもは泣きわめきながら外に逃げていった。あとでそのことを小耳に挟んだ鶴兵衛は松助に、

「そこまですることはなかろう」

と言ったが松助は、

「あれだけ痛めつけておきゃあ懲《こ》りて、もう二度と入ってくることもおまへんやろ。ご安心なされませ」

そのあと子どもを見たというものはいなくなった。

「そのことがあってから、うちの店がだんだんとあかんようになっていった……とわしはそう思うてますのや。たぶんその子はうちに住みついてた座敷童子で、それを追い出したさかいこんなことになってしもたのやないか、とな」

肩を落としてそう言った鶴兵衛に松助は、

「旦さんはうちがあかんようになった、とおっしゃいますけど、多少売り上げが落ちた程度で、利は以前と変わりまへんで」

鶴兵衛は松助をぎろりとにらみつけ、

「利が変わらんゆうたかて、それは売り上げが落ちた分、奉公人や職人の数を減らしたり、材料の質を下げて仕入れ値を安うしたりして、むりやりそう見せてるだけやないか。わしは、菓子の質を下げるとこれまでの上客が離れていくさかい反対したけど、おまはんに押し切られてしもた。今作ってる菓子の半分は、駄菓子屋におろす安もんや。店を見てみい。活気がのうて、どんよりしとる。まえは毎年春と秋に変わり菓子を売り出してたけど、それもやめてしもた」

「ああ、あれはわてがそうさせました。あんまり珍奇な菓子ばかり売ると、練羊羹やら小鳥饅

頭といった定番の菓子が売れんようになりますからな。もし、今も続けてたらえらい損が出とるはずです」

得意げに胸を張ったが、それまで黙って聞いていたお紺が、

「あたしは吉鶴のお菓子が好きで通ってたからわかるんだけど、たしか変わり菓子のなかから定番になったものもあったはずですよ。工夫を凝《こ》らしたお菓子、みんな楽しみにしてたと思います」

鶴兵衛は、

「ほれ見い。お客さんのほうがようご存じやがな。番頭どん、あんたは昔から飽きっぽいなあ。ちょっと飽きたらすぐにやめて、ほかのことをはじめる。なんでも長続きせん。それでは腰の据わった商売はでけへんのとちがうか」

「お言葉ですけど旦さん、わても店を任された立場としてあれこれ知恵を絞ってますのや。奉公人を減らしたのも、仕入先を変えたのも、品ぞろえを変えたのも、全部お店のためだっせ。はっきり申し上げて、『吉鶴はあの番頭で持っている。あの番頭がおらなんだらとうに潰れてる』というのが世間の評判だす」

「まあ、たしかにあんたはようやってくれてるとは思う。せやけどな……」

ふたりのやりとりを聞いていた烏近は、

「まあまあ、だいたいのところはわかりました。それで、私はその子どもを探し出したらいいのですね」

番頭が烏近に、

「さっきも申しましたが、わてはその子は座敷童子でもなんでもない、近所に住んでるただの子どもやと思います。けど、あんまり主がそのことばかり申しますので、丁稚にあちこち探させましたが見あたりまへん。わてがどついたのがよほどこたえたんだっしゃろな。主が、あの子どもに戻ってきてもろたら吉鶴はもとどおり繁昌《はんじょう》するはずや、と何べんも申しますので、それやったら気の済むように、とこちらにお連れした、というわけでおます」

鶴兵衛が、

「わしにはあの子は座敷童子やったとしか思えまへんのや。烏近先生のお力でその子どもを見つけてもらえまへんやろか」

「もし首尾《しゅび》よく見つけ出せたとしても、番頭さんが言うように、ただの子どもかもしれませんよ」

「それでもかまいまへん。そのときは、その子を養子にでもして、座敷童子やと思てお祀りさせてもらいます」

番頭が苦い顔で、

「どこのだれかもわからんガキを養子にするやなんて、旦さん、そんなアホなことを……」

烏近は番頭からその子どもの特徴を詳しく聞いた。しかし、番頭も一度しか会っていないうえ、二年もまえの記憶なので、細部まではよくわからなかった。

「とにかく頭が大きくて、身体が痩せっぽちで、不釣り合いやなあ、と思たのを覚えてます。つぎはぎのあたった粗末な着物を着とりました。あと、頰《ほお》が赤かったように思います」

「それだけではさっぱりわかりませんね。——あとで、お店にうかがって、子どもを見たことがある方々にいろいろきかせていただきます」

鶴兵衛と松助は頭を下げて帰っていった。お紺が、

「妙な依頼だねえ。それにしても驚いちゃったよ。ちょうど吉鶴の悪口言ってたところだったからさ」

「聞かれてなくてよかったです」

烏近はそう言って小鳥饅頭を口にした。材料費をケチっていると聞いたあとなのでよけいに不味《ふみ》に感じられた。

◇

烏近は、貸本屋に行って『もののけ全書』という本を借りてきた。座敷童子について調べるためである。それでわかったことは、座敷童子はあの番頭が言うような「そんなアホな」で片づけられるようなものではない、ということだった。みちのくではその存在が信じられており、座敷童子が住みついている家は富貴になり、なにかの理由で座敷童子が去った家は家運が傾いたり、患《わずら》いついたりするという。小豆が大好物だということで、みちのくの大百姓《おおびゃくしょう》や商家のなかには毎日小豆飯を供えるところもあるという。名前も、座敷童子、座敷ぼっこ、蔵ぼっこ……などさまざまである。その家のものにしか見えぬ、とか、おとなには見えず子どもにしか見えない、とかいろいろな説がある。

(小豆が好物なら、菓子屋に住みつくのもわからないでもないな……)

烏近はそう思った。それから烏近は吉鶴に赴《おもむ》いた。帳場に座った番頭の松助が、

「ああ、先ほどは主が失礼いたしました。しょうもないご依頼でご迷惑やと思いますが、適当

にあしらってくれはったらよろし」

「そうはまいりません。お引き受けした以上は誠心誠意やらせていただきます」

「そうだっか。まあ、勝手にしとくなはれ」

「お店の方々にその子どものことでお話をうかがってもよろしいでしょうか」

「どうぞどうぞ」

当時、子どもを見た奉公人のなかで今も残っているのは七人だった。まずは丁稚の鳥吉《とりきち》に話を聞いた。その子どもを捕まえたとき、最初に見つけた丁稚だった。

「棚卸しで三番蔵に入ろうとしたらなかに子どもがいて、逃げようとしたさかい大声を出しましたのや」

「どんな子どもでしたか」

「どんな、て……普通の子どもだす。ぼろい恰好はしてましたけど、そのほかは……」

「その子が座敷童子だったと思いますか」

「わてにはわかりまへん。ほかの子にきいとくなはれ」

べつの丁稚も、三番蔵に入ったときにその子どもを見たのだが、一瞬のことで、つぎに見たときにはいなくなっていた、だから、顔立ちも着物の柄もなにもわからない、という。

「それじゃあ三番蔵に入るのが怖いでしょう」

「それが今は、三番蔵は使《つこ》てまへんのや。なかは空っぽのはずでおます。入り口の扉も、ご番頭が鍵かけはったんで、開けられしまへん」

「ふーん……」

ある女子衆《おなごし》は、洗濯ものを取り入れるために蔵の裏手に回ると、見知らぬ子どもが小石を使ってお手玉をして遊んでいた、という。四歳ぐらいに見えたという。

「なんか寂しそうな、暗い子でした。見てたらこっちまで暗くなるような……」

最後に、祠のところに立っているのを夜中に見たという亀吉《かめきち》という丁稚に話を聞いた。目がくりくりしていて、利発そうな子である。

「あれは、お菰《こも》さんの子かなにかがこっそり三番蔵に住んでたのとちがいますか。近所の子どもやったら、夜中に入り込むのはおかしいさかい……」

「なるほど……」

「ご番頭に、夜中に子どもが入り込んでたやなんて旦さんに知れたらわての落ち度になる。このことは絶対に旦さんの耳には入れんように、と言われてましたのやが、わてがおもよどんとしゃべってるのを旦さんが通りすがりに聞いてしまいはって……あとでご番頭にさんざん叱られました。そのあと、ご番頭が、三番蔵は使わんようにする、て言い出さはりました」

「番頭さんはどんなひとですか」

亀吉はきょろきょろとあたりを見回し、だれかに聞かれていないか確かめたあとで、小声で言った。

「おっかないお方だっせえ。旦さんにも言いたいことを言わはりますし、わてらがなんぞ粗相《そそう》したらえげつないぐらい怒らはります。すぐにげんこつでガツーン！　て」

「変わり菓子というのを出すのをやめにした、と言って自慢してましたけど……」

「ああ、あれはしゃあない。手代の繁七《しげしち》っとんが辞めてしもたさかい……」

「どういうことです」

「そのあたりのことはあんまりしゃべったらあかんことになっとりますのやが……」

という言葉に反して亀吉はしゃべりたくてしかたないようである。

「結局はこのお店のためになることです。ぜひ教えてください。ここに十文あります。もしよかったらお小遣いに……」

「えっ？　十文もちょうだいできまんの？　うちはお菓子屋やけど我々丁稚は甘いもんなんか食べたことおまへんのや。十文あったら焼き芋が二本買えます。おおきに……」

押しいただくようにふところに入れると、

「繁七っとんは菓子職人やないけど、変わり菓子のほとんどは繁七っとんが案を出してはりました。それを職人に伝えて、新しいお菓子を作ってましたのや。ところが、店が傾きだして、ご番頭が給金をけちって、奉公人を大勢辞めさせましたんや。おかげでわてら丁稚は寝る暇もないぐらいこき使われて、おなかはぺこぺこになって、それで焼き芋を……」

「話がそれてますよ。その繁七《しげしち》という手代さんがどうかしたのですか」

「繁七っとんもそのなかのひとりで、辞めさせられましたんや。そのせいで、新しいお菓子を考えるひとがおらんようになって、変わり菓子もやめることになりましてん」

「ははあ……そういうことですか。でも、それは番頭さんが店のためを思って、なんとか奉公人の手当てや食費を節約しようとして……」

「けど、番頭はんはここだけの話、まえはお妾《めかけ》さんを囲ってましたし、今も旦さんに隠れてお茶屋遊びをしてはりまっせ」

「えーっ！」

烏近が大きな声を出したので、亀吉はあわてて人差し指を唇に立てて、

「しーっ！　しーっ！　しーっ！」

そのとき、

「だれや、しーしー言うてるのは」

やってきたのは主の鶴兵衛だった。

「おお、烏近先生、さっそく動いてくれはってますか。おおきに……」

「お店の皆さんに、子どものことをいろいろおききしています」

「なにかわかりましたかいな」

「そうですね……。蔵のなかは暗いですし、夜に見かけたという場合も顔まではよくわからなかったみたいです。最後にその子を捕まえた皆さんも、夕方だったことと子どもが顔を両手で覆っていたので、はっきりと見たひとはいないようです」

「そうだすか……」

「けど、なんとなーくいろいろわかってきたこともあります。これからそこをつついてみるつもりです」

「よろしゅうお願いいたします」

烏近と主が話しているところへ、番頭の松助が走ってきた。

「旦さん、えらいことでおます。うちの店が左前になった理由がわかりました！」

「なんやと？」

「まえにうちにいた手代の繁七が、三津寺筋《すじ》で菓子屋を開いとるらしいんだす。『蜜繁』とかいう店で……しかも、うちの店で出してた菓子と同じようなものをうちより安い値で出してるらしい。店先は押すな押すなの行列で……うちの店の上客、みんな持っていかれとりますのや！」

「繁七が、か。うーん……あの男は、おまはんがクビにしたのやったな」

「そうだすけど、こんな風に恩をあだで返すやつやと思てまへんでした」

「向こうに落ち度がのうて、こっちが一方的にクビにしたのなら、そのあとなにをしようと勝手ではあるが……」

「いやいや、許せまへん。町奉行所へ訴え出たらどないだす」

「繁七に、クビにされた恨みがあるなら、わしらを訴えてもおかしゅうないのとちがうか」

「それやから旦さんは甘いと言うてますのや。うちの店に害をなす連中はみんな敵だっせ」

烏近はその会話を興味深く聞いていた。

「とにかく座敷童子がどうのこうのというたわごとはしばらく置いといて、『蜜繁』をどうするか、その策を練らなあきまへん。商いができんようにしてやったら、客は取り戻せると思います」

「ああ、わかった。いっぺん繁七と会《お》うてゆっくり話を……」

「そんな悠長なこと言うてる場合やおまへんで。西町《にしまち》にはわてが懇意にしてる同心《どうしん》の旦那《だんな》もいてはります。そのお方に頼んで召し捕ってもらいまひょ」

「それはなんぼなんでもやりすぎや。繁七はお上の法を犯したわけでもなんでもないやろ」

「けど、味を盗まれたんだっせ」

「わしらが商いに精出して、繫七の店より評判を取ればすむことやがな」

「はあ……」

番頭はあいまいにうなずいた。

◇

お紺は烏近に頼まれ、寄席《よせ》小屋の出番の合間に蜜繁で菓子を買うため、三津寺筋へとやってきた。こんな楽しい仕事はない。蜜繁の店先はさほど広くないが、吉鶴とはちがって甘味好きの老若男女であふれていた。菓子を選ぶ彼らの顔はうれしげだ。丁稚たちもてきぱきと接客をこなし、店のなかを走り回っている。材料を積んだべか車が何台も到着する。店のなかは見慣れた定番の菓子に加えて、見たことがない新工夫の菓子が並び、お紺はよだれが垂れそうになった。番頭らしき男が帳場で忙しそうに帳合《ちょうあ》いをしながら、客たちに愛嬌《あいきょう》を振りまいている。

（やっぱり商売はこうでなくっちゃね……）

お紺はしばらくその様子を眺めていたが、自分の順番が来たので、

「丁稚さん、羊羹と蜜繁饅頭というのをくださいな」

「おおきに！」

「あら、この蜜繁饅頭って吉鶴の小鳥饅頭とよく似てるねえ」

「へえ、おんなじもんでおます。うちでは蜜繁饅頭ゆう名前で売っとります。主の話では、吉鶴さんは今は作り方を変えてしもたけど、うちの蜜繁饅頭は昔の小鳥饅頭とおんなじやり方で作っとるそうだす。なんでも、主がはじめて吉鶴のご主人から作り方を教わった大事な菓子や

そうでおます」

「こちらのご主人はもともと吉鶴にいたひとなのかい？」

「そうでおます。吉鶴さんを辞めてこの店をはじめたように聞いとります。職人も、もとは吉鶴にいたひとが多いんだす」

そのとき、奥からお手玉がひとつ、ころころと転がってきた。それを追いかけて廊下を走り出てきた子どもが、ちら、とこっちを見、お手玉を拾ってまた奥へと戻っていった。歳《とし》は六つぐらいに見えた。

「今の子はこちらの坊ちゃんかい？」

「へえ……坊《ぼん》でおます」

「なんて名前だね」

「繁太《しげた》だす」

「お内儀さんはどちらの方だい？」

丁稚も、紺太夫があまりに立ち入った質問をするので気味悪く思ったのか、

「へえ……それが……」

「あたしは怪しいもんじゃないよ。ちょっとしたわけがあって蜜繁と吉鶴のことを調べてるんだけど、こちらのお店には決して迷惑をかけないから……」

お紺は烏近から、菓子を買いがてら探りをいれてくれ、と頼まれただけだったが、思い切って踏み込んでみることにした。今の子どもの顔を見てぴんと来たのだ。頭が大きくて、頬が赤く、身体は痩せた子……。身なりこそ粗末ではないものの、聞いていた座敷童子の外観とそっ

くりではないか。

「それやったら申しますけど、うちの主にはおかみさんはおいでやおまへん」

「え？　どういうことだい？」

「この店をはじめるまえにおかみさんは坊を産んで亡くなったと聞いとります。それ以来、主はのち添えを迎えてまへんので……」

「ふーん……」

お紺は考え込んだ。店をはじめるまえ、ということは、吉鶴をクビになったあとだろうか。それとも……。

「丁稚さん、ちょっとお願いがあるんだけどね、あたしはどうしてもこちらの旦那さんに会って話を聞きたいのさ。取り次いでおくれでないかい？」

丁稚はますます不審そうな顔になったがお紺は、

「『吉鶴の三番蔵の子どもの件』て言ってくれたらわかると思う。お願いだよ、このとおり」

そう言って丁稚を拝み上げた。

「わかりました。主にきいてまいります」

そう言うと帳場に向かった。驚いたことに、お紺が番頭だと思っていた帳場に座っている人物が主の繁七だったのである。丁稚がなにやら話しかけると繁七の顔がこわばるのがわかった。

繁七はお紺に近づくと、

「わてが主の繁七だす。吉鶴の三番蔵の子どもの件、たしかに身に覚えがおます。けど、お客さんがなんでそのことを……」

「じつはね……」

お紺が言いかけると、

「店先ではなんだすさかい奥に通っていただけますやろか」

そう言って主みずから奥の座敷にお紺を案内した。茶を持ってきた女子衆に、

「しばらく出入りせんように」

と言ってからお紺に茶をすすめた。お紺は、吉鶴の主と番頭から淀屋橋のたもとの「ご無理ごもっとも始末処」に、三番蔵に住みついていた座敷童子を呼び戻してほしい、という依頼があったこと、自分はそこの主、白鷺烏近の仕事を手伝っていることなどを話した。

「そんなことになっとりましたか」

繁七も驚いたようだった。そして、しばらくうつむいて黙っていたが、その部屋の奥にあった仏壇の位牌《いはい》に手を合わせ、

「これが今の子……繁太の母親のお八重《やえ》でおます。二年ほどまえに亡くなりました」

お紺もそのあと線香をあげた。

「さて……なにから話したらええもんか……」

繁七の話はお紺が思ってもいなかったようなものだった。

「じゃあ、吉鶴が傾いたのは、番頭が言ってたみたいにこの店ができたせいじゃなくて、それより一年もまえなんですね」

「そうだす。あの番頭が急に仕入先を変えて安い材料に切り替えたり、駄菓子の類を裏でこっそり作って、駄菓子屋におろしたりするようになりました。わてをはじめ、まえからいた職人

はみんな反対しましたのやが、番頭は自分に逆らう奉公人をみんなクビにしよったんだす」

「ひどい話ですね」

「子ども連れて路頭に迷うわけにはいかんさかい、途方に暮れてましたら、まえからのお得意で、ずっと吉鶴の菓子を茶席に使うてくれてはった茶道具屋の大江屋《おおえや》さんから、吉鶴の味が落ちて使えんさかい、おまはん、自分の店をはじめてくれへんか、元手はわしが出してやる……というありがたいお話をいただきましたんで、思い切ってこの店を開いたんだすわ。職人も、一緒にクビになったもんばっかりでおます」

「そうだったんですか。たいへんなご苦労をなさって……。けど、こうしてお店が繁昌してよかったですね」

「なんとかかんとか菓子商いをさせてもろてます。店をクビになった身やさかい、吉鶴の旦さんの許しを得に行く、というわけにもいかず、勝手に昔の吉鶴の味を引き継がせてもろとりますのや」

「あたしたちにはそれがありがたいんですよ。これからもその意気込みでがんばってくださいね」

「おおきに。そない言うてくださるお客さんがいるかぎり、吉鶴の味は守ります」

主がそう言ったとき、

「あああ、お役人さま、行ったらあきまへん！」

女子衆の大声とともに、どすどすという荒っぽい足音が廊下を近づいてきた。襖《ふすま》が乱暴に引き開けられ、金壺《かなつぼ》まなこ、ちょび髭《ひげ》、大きな口の武士が立っていた。

「わしは、西町奉行所定町廻り役同心《じょうまちまわりやくどうしん》村野勝之進《むらのかつのしん》である。その方《ほう》が当家の主繁七か」

「さようでございますが、わてになにか……？」

「御用の筋で参った。その方、以前に奉公しておった心斎橋の菓子匠吉鶴の秘伝の味を盗み、おのれのものとして菓子を作り、もうけを得ておるであろう！」

「盗んだわけやおまへん。吉鶴をクビになったもん同士で店を開いただけでおます。それに、今の吉鶴はうちのやり方で菓子を作ってはおりまへん」

「やかましい！　吉鶴の番頭松助なるものからの訴えがあったのだ。会所《かいしょ》にて詮議いたす。きりきり歩め」

村野は繁七を縛り上げると、背中を十手《じって》で小突きながら部屋から出ていった。お紺はどうすることもできずそのさまを見つめていた。

「とにかくこのこと、烏近さんに知らせないと……」

お紺は蜜繁を走り出た。

◇

与市兵衛《よいちべえ》が屋形船に顔を出した。烏近の頼みで、吉鶴の番頭について探ってきたのだ。

「疲れた。昼の新町《しんまち》は疲れるわ。お天道《てんと》さんがカーッと照ってるさかい、暑うて暑うて……。

ああ、喉が渇いた。お茶代わりにお茶けもらおか」

烏近が湯呑みに徳利《とくり》から酒を注《つ》ぎながら、

「どうだった？　なにかわかったか」

「烏《う》ーやん、あの番頭……もしかしたらろくでもないやつかもしれんで」

「へえ……」

「しょっちゅう遊びに来てるらしいわ。ええ子ができた、ゆうたら通い詰めるけど、飽き性なんか、しばらくしたらほかの女子に鞍替《くらが》えする。同じ廓《くるわ》でべつの女子に手ぇ出すのはご法度《はっと》やさかい、評判悪いわ」

「だれかの弁慶《べんけい》（ひとのおごりで茶屋遊びをすること）かな？」

「いや、お大尽《だいじん》気取りでえらそうにしてるらしいから、自分で払《はろ》とるのやろ」

そう言うと与市兵衛は酒をひと息で飲み干し、

「はあっ、ありがたい！」

「あの丁稚さんが言ってたことはまことだったんだな。けど、店が傾いているのにどうしてそんな派手な遊びができるんだろう」

「決まってるがな。どうせ帳合いをごまかしてるのやろ。店が潰れてもどうなってもええ、と思とるのかもなあ」

「そんなことはないと思う。店が潰れたらあの番頭も共倒れだ。シロアリみたいにちょっとずつちょっとずつ食い潰すつもりかもしれないいな」

そこへお紺が飛び込んできた。与市兵衛は酒を差し出し、

「まあ、一杯いこか」

「それどころじゃないよ。たいへんだよ。蜜繁のご主人、繁七さんが町奉行所の村野って同心に捕まっちまったよ！」

「なんだって？」

烏近は立ち上がろうとしたが、船が傾《かし》いだので中腰になっただけだった。

「なんで捕まったんです？」

「吉鶴の味を盗んだ罪とか言ってたけどね」

「えっ？」

「それと……あたしゃ繁七さんからいろいろ聞いたんだ」

お紺は蒼白《そうはく》な顔でそう言った。

◇

烏近が吉鶴の店のまえまで行くと、なかから声が聞こえてきた。

「繁七を召し捕らせるやなんて、なんちゅうことをしてくれたのや！」

鶴兵衛の声である。

「旦さんが、座敷童子がどうのこうのて夢みたいなこと言うて動こうとせんさかい、わてが懇意のお役人に頼みましたのや。これでお客はかなり戻ってくるはずだっせ」

これは松助の声だ。

「ごめんください」

烏近は店に入った。鶴兵衛は、

「これは烏近先生。どうです、子どもは見つかりましたか？」

「はい……見つかりました」

「ええっ。それはありがたい」

「おおい、入ってきてください」

呼ばれて、ひとりの子どもが表から入ってきたが、松助を見て、顔をひきつらせて立ち止まった。烏近は、

「番頭さん、あなたが棒で殴って追い出したのはこの子でしょう」

松助は、

「さあ……いっぺん見ただけやし、ずいぶんまえのこっちゃさかいわからんなあ」

「では、丁稚さんたちに検分してもらいましょう」

しかし、丁稚や女子衆たちも、頭が大きいところは似ている、とは言ったものの、はっきりと「この子です」とは断言できなかった。松助は苦笑《にがわら》いして、

「そんなこっちゃろうと思た。どうせ三十両欲しさに、どこぞの子どもに言い聞かせて連れてきただけだっしゃろ。この子があのとき三番蔵にいた子どもやと言い張るなら、その証拠を見せてもらいまひょか」

「証拠ですか。わかりました。——お入りください」

入ってきた男の顔を見て、松助はぎょっとした。

「し、繁七……」

繁七はまず鶴兵衛に頭を下げ、

「旦さん、ごぶさたしとります。お元気そうでなによりでおます」

「おお……おまえが召し捕られた、て聞いて心配しとったのや。無事でよかった」

松助が、

「どういうこっちゃ！　おまえはうちの味を盗んだ罪で召し捕られたはず……」

「吟味役の与力《よりき》の旦那が甘いもん好きで、うちの店……蜜繁のお客さまでしたのや。こちらの烏近さんも会所に駆けつけてくれて、経緯《いきさつ》を細こう話すと、それやったら罪にはならん、ということでお解き放ちになりました」

「くそっ……！」

烏近が、

「村野勝之進さまという同心は、恥をかかされた、といってえらく怒ってましたから、あとであなたを叱りにくるかもしれませんね」

「わ、わてはほんまのことを言うただけだす」

「それと、番頭さん……この子の顔、だれかに似ていると思いませんか？」

「さあ……こんな顔、なんぼでもおりますやろ」

「よく見てください。ほら……亡くなったお八重さんですよ」

松助は青ざめた。

「な、なんやと……！」

「そうなんです。この子……繁太さんは、お八重さんと繁七さんのあいだにできた子どもなんですよ」

鶴兵衛が、

「松助、お八重さんてだれや」

そのとき、ひとりの丁稚がとうとう声を上げた。烏近が十文渡した亀吉である。

「お八重さんゆうのは、ご番頭のお妾さんやったひとだす！」

「これっ、亀吉、なにを言うのや！」

「ほんまだす。わて、ご番頭のお使いでなんべんか浮世小路《うきよしょうじ》の家に行きました」

鶴兵衛が、

「ほう、わしは知らなんだ」

「へ、へえ……だいぶまえに世話してましたのやが、もちろんもうとうに手を切りました。お店がこんな塩梅《あんばい》ではとても囲いものなんぞしてられまへんさかい……」

烏近が、

「そのかわり近頃はしょっちゅう新町で派手に散財しておられるそうですね。『松大尽』といえば、惚《ほ》れっぽいけど飽きっぽい、それでも派手にお金を落としてくれるからわがままを許すしかない勝手なお方として名高いとか」

鶴兵衛は厳しい顔になり、

「どういうことや。商人として多少は茶屋遊びも心得とかんと得意先を接待するときに恥をかく。せやけど、今のうちのありさまでそんな遊びを続けてるということは……その金はどこから出たんや」

「いや……その……」

繁七は、

「番頭さんは嘘ついてはります。番頭さんが八重を囲うてたのは店がまだ順調やったころでおます。けど、すぐに飽きてしもて、新町通いに精出すようにならはった。身体が弱く、病がちやったお八重は不安になり、なんべんも番頭さんに手紙を出して、いっぺん会《お》うて、これからのことを話し合ってほしい、医者に行くお金を工面してほしい、と懇願したけど返事はなしのつぶてやったそうだす」

松助はそのうちにめんどくさくなり、結局一度も会いにいくこともなく、繁七に手切れ金を手渡し、

「これでうまいこと話をつけてくるのやぞ」

と言ったそうだ。それはほんのはした金で、とても女ひとりがしばらく暮らせるような額ではなかったが、松助はかたくなに「これしか出せん」と言い張るので、しかたなく繁七は八重のところに行った。そして、松助の冷たい仕打ちの数々などいろいろ話を聞いているうちにだんだん親しくなっていった。囲い者ではなくなった八重は家賃の安い裏長屋に移り、縫いものをして生計を立てるようになった。八重には身寄りがなく、繁七と同じ孤独な身だったこともあり、たがいになぐさめあっているあいだにわりない仲になった。

子どもが産まれたが、八重は産後の肥立《ひだ》ちが悪く、寝たり起きたりだったという。三年ほど経《た》ったころ、八重は病が重くなって、突然亡くなってしまった。繁七は、八重が死んだことを松助に知らせたが、松助は悔やみにも行かなかった。繁七は途方に暮れた。八重の産んだ大事な子どもを手放したくはない。ひとりで育てなければならないが、住まわす場所がない。しかし、丁稚たちとともに大部屋で雑魚寝《ざこね》している手代の身ではよそに家を借りるわけにもいかない。

「困り果てたわては、ここの三番蔵に繁太を住まわせることにしたんだす」

だが、いくらおとなしくしていろ、と言い聞かせても、小さな子どもが言うことを聞くはず

がない。丁稚や女子衆に姿を見られ、ついには番頭に捕まって殴られ、追い出されてしまった。そのあと、しばらくお八重が住んでいた長屋の糊屋《のりや》の婆《ばあ》さんに小銭を渡して預かってもらっていたという。

「そのころから番頭さんが急に仕入先を変えて安い粗悪な材料をぎょうさん仕入れるようになったり、駄菓子を店の奥でこっそり作ったりするようになりました。わての考えではたぶんご自分の茶屋遊びのための金をひねり出さなあかんかったからやと思います」

「ち、ちがう。店のためや」

「それに反対した奉公人はみんなクビにされました。わてもそのひとりだす。わては繁太を引き取って、ふたりで暮らしはじめましたのや。最初は駄菓子を作って売ってましたのやが、しばらくして茶道具屋の大江屋さんからお話をいただいて、自分の店を開くことができました。この子はたしかにあのとき三番蔵に住んでたわての子でおます」

鶴兵衛は、

「そやったんか。ちっとも知らなんだ。言うてくれたら子どもを追い出すようなことはせんかったのに……堪忍してくれ」

松助は繁七に、

「おい、あることないことべらべらと並べ立ててくれたな。おまえこそ嘘つきやないか。わてが仕入先を変えたり、駄菓子を作ったり、ひと減らしをしたりしたのは全部店のためや。それに、このガキが三番蔵に住んでた、ゆうのも、おまえが言うただけでなんの裏付けもないやないか。――旦さん、うちの店の商売を邪魔して客を横取りしてるようなやつの言うこと、信用したらあきまへんで」

烏近が、

「それなら今から三番蔵に行って、この子になかを見てもらったらどうでしょう。二年ほどまえのことですが、しばらく住んでいたなら覚えているんじゃないでしょうか」

「あ……いや……それはあきまへん」

「どうしてです」

「今、三番蔵は使うてまへんのや。なかは空っぽやし、行ってもしゃあない」

「空でも、なにか思い出すのとちがいますか」

「あかん。三番蔵は封印してますのや。入ってもろたら困ります」

鶴兵衛が、

「番頭どん、それぐらいかまへんやないか。それともなんぞ、入ったらあかん理由でもあるんかいな」

「いや……そんなことはおまへんけど……」

「鍵、持っといで。わしが開ける」

松助は不承不承《ふしようぶしよう》承諾した。鶴兵衛、松助、烏近、繁七、繁太の五人で三番蔵のまえまで行ったとき、松助が急に額をぺしゃっと叩き、

「ああ、そやった、忘れてた。三番蔵は錠が壊れてて開きませんのや。錠前屋《じようまえ》に頼んで、修理してもらわなあかん、と思とったところだすわ。今日のところはどうかご勘弁を……」

烏近が、

「そうですか？　錠は外れてるようですが……」

「えっ……？」

松助が扉に近寄ると、そもそも錠はかかっていなかった。松助の顔から血の気が引いた。

「どういうことや……」

そんな松助を無視して、烏近は扉を開けた。繁太が走り込んで、

「ここ……見覚えある。わて、ここで暮らしてた。もうひとりの子と……」

烏近は、

「もうひとりの子……？　それはだれですか」

「知らん……。わてが住みはじめたときにはもういてた」

蔵のなかはかび臭《くさ》かったが、べつの匂いもした。繁七が、

「これは……小豆の匂いだすな。番頭さん、空っぽやて言うてはったけど、小豆を置いてはるのとちがいますか」

「そんなもん置いてない！」

「ほな、あれはなんだす？」

繁七は棚を指差した。そこには葛籠《つづら》のようなものが何百と並んでいた。鶴兵衛はそのひとつの蓋《ふた》を開けてみた。小豆がぎっしり入っている。米よりも高額な小豆だ。これだけあったらとてつもない金額である。鶴兵衛は小豆をつかんだ。

「なんじゃい……屑小豆《くず》やないか！」

屑小豆というのは、古くなって硬くなった小豆である。保存に適しているという小豆でも、

かなりの年数が経ってしまうと、水で戻したあといくら煮ても軟らかくならないのだ。そうなると菓子には使えない。鶴兵衛はつぎつぎと葛籠の蓋を開けていった。どれもこれも屑小豆ばかりである。松助は頭を掻《か》いて、

「その……つまり……なんと申しますか……悪い雑穀屋《ざこくや》に屑小豆をつかまされましてな……いっぺんにまとめて買《こ》うたら安うする、という言葉にだまされて買うてしまいましたのや。もちろんお店の仕入れ値を少しでも下げるためだっせ。ところが……開けてみたらとんだしろものだした。その雑穀屋に返品しようとしたけど、聞いてた場所を訪ねてみてももぬけのからでどこに行ったかわからん。しゃあないさかいこの蔵に置いたままにしとりますのや」

「なんですぐにわしに知らせんかったのや！」

「知らせたら旦さん、怒りはりまっしゃろ」

「あたりまえじゃ。――わしがいつも言うてるとおり、長年のお付き合いのある取引先から仕入れてたら、こんなカスをつかまされることはないのや。菓子屋として大恥やないか。おまはんも、品物を見る目がないにもほどがある。ちょっと見たら屑小豆やとわかるやろうに……なんにも確かめんと買うさかいこんなことになるのや」

「すんまへん……」

「けど、帳簿にはこのこと載ってなかったように思うが……おまはん、筆の先でごまかしたのとちがうか」

松助は手ぬぐいで額から流れる汗を拭いているが、蔵のなかが暑いからというだけではなさそうである。松助はその場に土下座をして、

「旦さん……わてが悪うございました。お店のためを思うてやったことではおましたが、やることなすこと上手《うま》くいかず、お客さんは離れていく一方でおました。なんとかせないかんと焦るあまり、安い小豆に飛びついてしもた。これだけの屑小豆、どうにもならず、三番蔵を閉じてたというわけで……」

「店にそんな損をかけといて、ようも茶屋遊びができたもんやな」

「商いが上手くいかんさかいいらいらが溜《た》まって、それを遊びで発散しとりましたのや。やりはじめると面白いもんやからつい……」

「金はどないしとったのや……」

「それは……えーと……その……」

「アホ！　おまえのような黒ネズミをうちに飼ってたら、そら店も左前になるわ。こうしてくれる！」

鶴兵衛が拳を振り上げたとき、繁太が言った。

「やめたげて！　叩いたりしたらあかん！　叩かれたら……痛いんや」

鶴兵衛は拳をそのままにしていたが、やがて、ふっと力を抜いて、拳を下ろし、くすりと笑った。

「そやなあ、叩かれたら痛いわ。――子どもに教えられるとはな……」

そして、松助に向かって、

「おまえがこの子にしたように、殴りつけて店を叩きだしてやろうと思たが、それはやめにする。たしかに、叩かれたら痛いもんや。――松助、この子に謝りなはれ」

松助はぼろぼろ涙をこぼしながら繁太に、

「あのときひっぱたいたり、棒で殴ったりしてすまんかったな。このとおりや。堪忍してくれ。おまえの母親のことも悪かった……」

「かまへんよ。――おかんは死んでしもたけど、おとんがおるし、家もあるもん」

「そうか……許してくれるのか。――繁七」

松助は繁七に向き直り、その場に土下座すると、

「召し捕らせたりしてすまなんだ。おまえがうちとおんなじ菓子を出す店をはじめて、それが上手いことといってると聞いてカッとしたのや。堪忍できんとは思うけど、堪忍してくれ」

「頭上げとくなはれ。わてもこちらの許しを得ずに勝手に菓子を作ったのは悪かったと思とります。――旦さん、わての店で、こちらで覚えた菓子、昔のやり方で出させてもろてます。一度ご挨拶《あいさつ》に来なあかんとは思とりましたが、クビになった身では暖簾《のれん》をくぐる勇気が出まへんでしたのや。わては今、蜜繁ゆう名前で商売させてもろとりますけど、気持ちは今も吉鶴の繁七だす。吉鶴の菓子を作ってるつもりでおます。なにとぞこのまま、吉鶴の菓子を出すことをお許しいただきとうございます」

鶴兵衛は、

「うん……そのことやけどな……」

そう言って少し口ごもった。

「あきまへんか」

「いや……作るのはかまへんのやが……なあ、繁七、虫のええ頼みやけど、おまはん、うちに

戻ってくる気持ちはないか？　もちろん、今の店で雇うてる職人や奉公人もみな連れて帰ってきてほしい。もっぺん吉鶴をまえみたいな菓子屋に戻したいのや。ひとをクビにしといて勝手なことを言うやつや、と思うやろが、これがわしの本心や」

繁七の顔がぱっと明るくなった。

「旦さん……それ、ほんまだすか！」

「たしかに今、うちは左前や。金もない。せやけど、このままずるずるやっててもしゃあない。思い切って勝負をしてみる気になったのや。金はわしがあちこち頭を下げてかき集める。材料も作り方ももとに戻す。――どやろ？」

「それこそわての願いどおりでおます！　わては、正直、番頭さんには腹も立てとりましたけど、旦さんには大きな恩がおます。丁稚のころから優しく面倒みてくださって、菓子のことを一から教えてくれはった。わての今があるのは全部旦さんのおかげやと思とります。もし、こちらでまた働けるならこんなうれしいことはおまへん。さっそくうちの店のみなに話してまいります」

「せっかくおのれの店が持てたのに、大事ないか？」

「かましまへん。さっきも申しましたとおり、わては今も吉鶴の繁七のつもりでおます。ほかのみなもおそらくおんなじ気持ちやと思います」

「それと、今は店の主やけど、うちに戻ったら奉公人になってしまうが……」

「なってみてはじめてわかりましたけど、店の主というのがこんなに気苦労なもんやとは思いまへんでした。奉公人のときはただただ菓子のことだけ考えてたらよかったのに、給金やら売掛やら買掛やら……金の苦労をせなあかん。手代でおるのがわてに合《お》うとります」

「アホなことを……。店を構えて商いしてたものを手代というわけにはいかん。番頭になってもらいます」

「えっ……！」

「うちの敷地に家を建てて、おまはんとその子に住んでもらうわ。それでええやろか」

「おおきに……おおきに……！」

烏近が締めくくるように、

「これで、まことにその子がこの家に戻ってきた、というわけですね。よかったよかった」

それまで黙って聞いていた松助が鶴兵衛に一礼して、

「ほな、旦さん、長々お世話になりました。今から荷物をまとめてまいります」

「店を辞める、ゆうのか」

「へえ。店のお金を遊びに使うただけやなく、こんなにぎょうさんの屑小豆を仕入れてしもた以上、店にはおれまへん」

「そうか……。けど、おまはんにその気があるなら、店にいてもええのやで」

「ほ、ほんまだすか！」

「そのかわり手代に格下げや。一からやり直す気があるなら、いてもらう」

「やり直します！　ほんまに目が覚めました。なんやったら丁稚からはじめさせてもらいます！」

そのとき、繁太が松助に言った。

「おっちゃん、この小豆全部使うええ知恵貸そか」

「全部て……この蔵いっぱいにあるのやで」

「お手玉にするんや。きれいなきれに包んだら、きっとみんな欲しがるで」

鶴兵衛は手を打って、

「それや！　鶴の柄のきれでお手玉を作って、菓子を買《こ》うてくれたお客さんに配るのや。カチカチになった硬い小豆でも、お手玉のなかに入れる分にはさしつかえない。——松助、おまはんはお手玉作りを取り仕切ってもらう。ええな」

「へえっ、性根入れてやらせてもらいます」

鶴兵衛は烏近に、

「わしの思たとおり、この子はほんまの座敷童子やったな。福を連れて戻ってきてくれた。——なにもかもあんたのおかげや。おおきに」

烏近は笑って、

「お役に立ててよかったです」

そう言いながら、この家には本当に座敷童子が住みついているのではないか、と思っていた。というのは、さっき三番蔵に足を踏み入れたとき、小豆のように赤い着物を着た子どもがさっと葛籠の陰に隠れたのを見たような気がしたのだ。すぐにその葛籠の後ろを調べたが、だれもいなかった。

蔵の外に出た烏近は、蔵のすぐ近くにある小さな祠を見た。ここに祀られているという鶴一という鶴兵衛の息子がその正体ではないか……烏近はそう思った。

◇

後日、繁七は蜜繁を閉め、職人や奉公人たちとともに吉鶴に戻った。材料も作り方も元どおりにし、年二度の変わり菓子もまたはじめることにした。鶴兵衛みずから、茶道具屋の大江屋をはじめあちこちに頭を下げて金策を行った。

繁太が提案したお手玉は、松助の努力の甲斐《かい》あって大評判を取り、お手玉目当てで菓子を買いにくる客が増えた。彼らが、「吉鶴が昔の味になった」と言い触らしたので、店はふたたび繁昌し、活気を呈するようになった。

自分の声を後世に残せ

「ほー……仇討《あだう》ちをなさるのですか。そりゃあたいへんだ」

烏近《うこん》はどことなく他人《ひと》ごとのような口調で言った。仇討ちというのは侍の世界の話である。刀を捨てた今の烏近には関係がない。しかし、目のまえにいる旅装の侍にとっては切実な問題のようである。船が揺れても正座を崩さず、膝に両手を置いてじっと烏近を見つめている。国から国へと仇《かたき》を探し続ける身でありながら、月代《さかやき》をきれいに剃《そ》り、髭《ひげ》をあたり、衣服も整っている。とはいえ、やはり全身から長年の疲労がにじみ出ているようにも見えた。

「はい……あてどもない旅から旅の日々、探しても探してもわからぬ仇の居場所、旅費も底をつき、親類縁者からは早《はよ》う仇を討って帰参せぬか、貴様は家の恥だ、と罵られ、ほとほと窮したあげく、こちらへ参ったる次第。お察しくだされ」

九田新右衛門《くだしんえもん》と名乗ったその侍は、歳《とし》のころは三十路半《みそじなか》ばぐらい。入ってきたときは編み笠《がさ》に覆面をして顔を隠していたが、目の涼しい、鼻梁《びりょう》の高い、口もとのきりりとしまった人物だ。しかし、眉間《みけん》のあたりから今抱えている深い苦悩が伝わってくる。

九田新右衛門は、大坂《おおさか》近郊のさる大名家に物書役《ものかきやく》として勤めていた。同僚に桜沢伊織《さくらざわいおり》という男がいた。普段はおとなしいのだが、酒癖がきわめて悪く、酔うとだれにでもからむうえ気が短いので、皆に敬遠されていた。あるとき新右衛門の兄が夜分、従者とともに城下を歩いていると、向こうから桜沢がやってくるのが見えた。かなり酩酊《めいてい》しているようで、火の消えた提灯《ちょうちん》を引きずっている。従者が新右衛門の兄に、

「こりゃ災難がやってきよった。見つかったらからまれまっせ」

「そうだな。引き返すか」

新右衛門の兄と従者がこっそり後戻りしようとすると、

「そこにおられるのは九田新右衛門殿の兄者《あにじゃ》、惣右衛門《そうえもん》殿とお見受けいたす。なにゆえ拙者《せっしゃ》を見て引き返されるのか。それほど拙者が嫌いか」

「そうではござらぬ。急に用を思い出したゆえ……」

「嘘《うそ》をつけ。腰抜けめ。拙者と会うのが嫌なのであろう。よいか、九田殿、われらは同じ城に仕えるもの同士だ。殿のまえだけではなく、日頃から親交を深めておかねばならぬ。今から飲みにいこうではないか」

「もうかなり酔うておられるではないか。またのことにして今宵《こよい》はお帰りなされよ」

「なにを言う。ほんの少し飲んだだけだ。さあ、参ろう」

「用があると申したはず。今宵はお断り申す」

「なに？　拙者の誘いを断ると言うのか。そうはさせぬぞ」

桜沢伊織は新右衛門の兄の腕をつかみ、

「よい店があるのだ。安うて酒が美味《うま》く、女将《おかみ》が別嬪《べっぴん》ときておる。そこへ連れていってやる」

「手を離せ。離さぬか」

「離さぬと言うたらどうするのだ。斬る、とでも言うのか。斬れるものなら斬ってみろ。剣術の腕なら拙者のほうがうえだぞ」

「なに……？」

桜沢は刀を抜き、いきなり新右衛門の兄に斬りつけた。従者は驚いてその場を逃げ去った。従者はすぐにそのことを新右衛門に知らせた。ふたりでその場所に駆けつけると、そこには刀を半ば抜いた状態で倒れている新右衛門の兄の遺骸《いがい》があった。桜沢の屋敷に向かうと、すでに彼は逐電《ちくでん》したあとだった。あわてて追いかけたが、馬で国境《くにざかい》を越えたらしく、乗り捨てた馬だけが見つかった。以降、新右衛門は兄の仇を討つためにひたすら桜沢伊織を探し求めたがその行方《ゆくえ》は杳《よう》として知れなかった。

「潜んでいそうなところはすべて回ったのですが、やつの影すら見つかりません。それがし桜沢とは勤めのうえで毎日会《お》うておりましたゆえ、ある程度身辺のことも存じております。しかし、なかなか思うようにはいかず、また、やつの知り合いのところを訪ねてもみな口が堅く、尻尾《しっぽ》をつかませませぬ」

「そりゃそうでしょうね。――それで、私になにをしろとおっしゃるのです。助太刀《すけだち》をしろ、と言われても自慢じゃないが私はものの役には立ちません」

「そのようなことはお頼みいたしませぬ。仇はそれがしの手で討ち申す」

仇討ちについてはいろいろと決まりがある。父や母、兄など目上の親族が殺された場合は仇討ちが承認されるが、妻や子、弟、妹などの仇を討つことは許されなかった。助太刀も事前に届け出なくてはならぬことになっていた。また、仇討ちで殺害されたものの親族がそのまた仇を討つことも認められていなかった。仇を見事討ち果たしても、返り討ちに遭っても、それで終わりなのである。

「それがし、ほとほと疲れ申した。路銀《ろぎん》は乏《とぼ》しく、仇の居どころは知れず、親類から届く手紙は叱咤《しった》ばかり。毎晩、返り討ちに遭う夢ばかり見るのでござる。こんな暮らしがいつまで続くのか、いや、生涯仇に巡り合えぬかもしれぬ、と思うとなにもかも放り出して逃げ出したくなりますが、それがしの父母はすでに亡く、兄が殺された今、九田家を継げるのはそれがししかおりませぬ。仇討ち本懐《ほんかい》を遂げて帰参せぬと家が絶えてしまうのでござる」

「はあ……」

烏近は、家を継ぐとか継がぬとかいった話が苦手だった。自分も実家を勘当された身だし、岸和田《きしわだ》の岡部《おかべ》家の跡目《あとめ》争いに巻き込まれたこともあった。侍を辞めた今となっては、家などというものは実体がないのだから、継ぎたいものが継ぎ、継ぎたくないものは継がなければいい、その結果、家が途絶えても一向にかまわない、と思っていた。しかし、それは口にはできぬ。代々俸禄《ほうろく》をもらって暮らしている侍にとっては大問題なのである。俸禄は個人にではなく「家」に対して与えられるのだ。

「やつの存じ寄りは京、奈良、大坂に多い。どうやら今は大坂のいずこかに潜伏しているようなのだが、炙り出すのは容易ではござらぬ。なんとか早く桜沢伊織を見つけ出し、決着をつけねば……と思案した結果、妙案を思いつきました。――それがしが桜沢伊織になるのでござる」

「は……？」

烏近はきょとんとした。

「どういうことです」

「今、桜沢は逃げる一方でござる。しかし、それがしが桜沢伊織と名乗って騒ぎを起こせば、それを聞きつけた仇が怪しんで向こうからそれがしに近づいてくるのではないか、と思うたのです。おのれがふたりいるのは向こうもなにかと困りましょう。また、桜沢の知り合いたちとも交流できるのでは、と考えました」

「それはいいですけど、名前を変えただけでは、すぐに別人とバレますよ」

「名前だけでなく、声もしゃべり方も顔かたちもなにもかもやつとそっくりになればよろしかろう。そこまで真似《まね》たうえで、名も桜沢伊織と名乗れば、やつの知り合いもやつだと思い込んでいろいろしゃべってくれるはず」

「でも、どうやってそこまで真似るのです」

「それを貴殿《きでん》に相談しておるのです。なにとぞそれがしを桜沢伊織にしていただきたい」

「いや……それは……無理ではないでしょうか」

「なに？」

九田新右衛門の顔つきが変わった。

「看板に、いかなる無理難題も解決するとあったのは嘘偽《いつわ》りか！　貴様、武士をからかうのか。こうしてかかる汚らしい屋形船に参り、恥を忍んで町人に頭を下げたというに、引き受けられぬとは許されぬ。返答によっては、抜く手は見せぬぞ！」

新右衛門は刀の柄《つか》に手をかけた。鳥近はため息をつき、

（もう「いかなる難題も引き受けます」の「いかなる」は削ったほうがいいかな……）

そう思いながら、

「たいがいの難事はお引き受けしますが、お上《かみ》のお咎《とが》めを受けるようなこと、神さま仏さまにしかできぬこと、依頼人が私に嘘をついてだましている場合……この三つはお引き受けいたしかねます。今のご依頼、他人になりきり、その縁者も気づかないようにする……というのは神さま仏さまの領域なのではないかと……」

「黙れ黙れ黙れ！　なにかやりようがあるはず。命がけで考えればなにか思案も出てくるであろう。それがしも大秘事を漏らしたのだ。貴様が引き受けぬと言うなら、口封じのため叩《たた》き斬るぞ！」

「そんな勝手な……」

新右衛門は、少し冷静さを取り戻した様子で、

「それがしはなんとか兄の恨みを晴らし、浮かばれずにおるであろう兄の魂を成仏《じょうぶつ》させたい……その一心で頼んでおるのだ。そういう気持ちを汲《く》んでくだされ」

「わかりましたわかりました。なにか考えます。しばらくお待ちください」

「長くは待てませぬぞ。桜沢が大坂におるあいだにお頼みいたす。わかりましたな」

「はあ……」

「それがしは道修町《どしょうまち》の上野屋《うえのや》という宿に泊まっております。言うまでもござらぬが、仇を追う身。それがしの居場所は他人には決して教えぬよう……」

新右衛門はそう言うと、船を出ていった。それから烏近は「九田新右衛門を桜沢伊織にする法」について考えはじめたが、なにも浮かばない。

（面屋《めんや》の甚五郎《じんごろう》さんに面を作ってもらってもすぐにバレるだろうなあ……）

こういうときは酒を飲むと頭がほぐれて案外よい思案が出るものだが、あいにく酒を切らしている。

（しかたない。買いにいくか）

烏近は大徳利《おおどくり》をぶらさげると船の外へ出た。よい天気である。なじみの酒屋で二升量ってもらい、それを持って土手を歩いているうちに気が変わった。

（そうだ……「繁華亭《はんかてい》」に行こう）

繁華亭は天満《てんま》にある寄席《よせ》である。落語や講談はかからない色もの席で、今、お紺が出演しているはずだ。

（たまにはお紺さんの南蛮手妻《てづま》を見ないとね。いつも手伝ってもらってるし……）

烏近が寄席に着いたとき、ちょうどお紺の水芸《みずげい》ははじまったばかりだった。お紺はなかなかの人気で舞台に出てくると客席から声がかかる。

「待ってました、お紺ちゃん！」

「お紺さんの水を頭から浴びたら福が来るで！」

「お天道《てんと》さま！」

着飾ったお紺は、烏近の船で大酒を飲んでいるときとはひとがちがったような華やかさだった。三味線《しゃみせん》が掻《か》き鳴らされた途端、持った扇子の先から水が天井に向かって噴き出した。お紺は扇子を二本、三本、四本……と増やしていくがそれらからも水が出る。ついには右手に五本、左手に五本の扇子を持ち、客席に向けてあおぐと水が細かい霧になって客の頭にかかる。いい歳をした客たちがきゃあきゃあ言いながら騒いでいるのを烏近が呆《あき》れたように見ていると、烏近の足もとから突然水柱《みずばしら》が立った。

「きゃあっ」

思わず悲鳴を上げて水をよけたが、舞台のうえのお紺を見るとにっこりして手を振っている。烏近が来ているのを見つけて悪戯《いたずら》を仕掛けたらしい。

やがてとどこおりなくお紺の芸が終わった。客は大喜びしている。烏近は楽屋見舞いに行こうかと思ったが、かぶりつきに座っていた四、五人の客が立ち上がって小屋を出ていってしまったのを見て思い直した。おそらくお紺だけが目当てで通っている常連だろうが、つぎの出番の芸人がかわいそうになったのである。

登場したのは頭を剃り上げた「そっくり長兵衛《ちょうべえ》」という名の芸人で、めくりには「百面相《ひゃくめんそう》」と書かれていた。

「わての芸は百面相だすけど、百眼《ひゃくまなこ》の芸人みたいに『目かつら』は使いまへん」

目かつらというのは、いろいろな種類の目を描いた紙のことである。百眼をする芸人は目かつらをいろいろ取り替えながら小噺《こばなし》をするのだ。

「ほな、どないして顔を変えるのか、というと……これでおます」

そう言うと、なにかを取り出して机のうえに置いた。

「お女中方の使うお化粧道具一式と手鏡だす。これを使うて、顔かたちを変えてみたいと思います。どなたかお手伝いいただける方はいてまへんか」

ひとりの男が立ち上がった。

「わしでもええか」

「どうぞどうぞ。こちらに来とくなはれ」

男はどすどすと乱暴な足取りで舞台に上がっていった。

「そこに座ってこっちを見といてや。今からあんたそっくりの顔になってみせますさかいな」

そう言うと、長兵衛は刷毛《はけ》で自分の顔に白粉《おしろい》を塗りはじめた。男は太い眉毛《まゆげ》で、目が大きく、鼻があぐらをかいていて、唇が薄い。長兵衛とは似ても似つかない顔立ちである。どうやってそっくりにしていくのだろう、と烏近が興味津々《しんしん》で見つめていると、長兵衛は後ろを向いて、顔に筆でなにやら描いている。そして、男のほうを振り向くたびにその顔が男に似ていくのだ。どうやら一旦全部を白粉で塗り潰《つぶ》し、眉を描いたり、含み綿《わた》をしたり、付け鼻をしたりして、顔を修正しているようだ。しかも、そのあいだずっと男に話しかけている。男はそれに応《こた》えながらも、長兵衛の顔がどんどん自分に似ていくので驚いているようだった。仕上げに、男の髪型と同じようなかつらをかぶり、

「はい、これでできあがり。どや、わしとあんたとよう似とるやろ」

そう言ったその声も口調も男と瓜二《うりふた》つであった。そして、どすどすとあたりを歩き回った。客たちはどちらが長兵衛でどちらが男かわからず呆然《ぼうぜん》としている。烏近はすっかり感心した。

（これだ……この技を使えば九田新右衛門を桜沢伊織にすることができる！）

しかし、お紺のときとちがって、客席は静まり返っている。どうやら顔だけでなく、声からしゃべり方から歩き方から……なにからなにまで男になりきってしまったので、面白さを通り越して気持ち悪くなっているらしい。

そっくり長兵衛は一礼すると、舞台を降りていった。烏近は立ち上がり、一旦寄席小屋を出ると、裏に回った。そこは葭簀《よしず》で囲まれており、なかに床几《しょうぎ》がいくつか並べられていて、芸人たちが着替えたり、出番を待つあいだくつろいだりして楽屋代わりに使っている場所だった。

「すいません、お紺さんいますか？」

烏近が声をかけると、

「烏近の旦那《だんな》かい？　あたしゃ、ここだよ」

烏近は葭簀の隙間からなかに入った。お紺はすでに衣装を脱いで、普段の着物に戻り、床几に座って茶を飲んでいた。

「観《み》にきてくれたのかい。うれしいねえ」

「これは差し入れです」

烏近は酒を手渡し、

「それと、じつはちょっとご相談がありまして……」

「なんだい？　今日の出番は終わったからいくらでも付き合うよ」

烏近は、九田新右衛門という、仇を探している侍から無理難題を持ち込まれたことについてお紺に説明した。

「あるひとを別人にしてしまう……なんてできるはずがない、と思っていたんですが、今、出ていた百面相の芸人さんの芸を見てたら、もしかしたらできるかもしれない、と思えてきました。あのひとに紹介してもらえませんか」

「そっくり長兵衛さんかい？　お安いご用だよ。あたしゃけっこう仲がいいんだ。鳥近の旦那のこともまえに何度か話したと思う。長兵衛さんもお酒が大好きだから、このお酒、三人で飲もうよ。そしたら引き受けてくれるんじゃないかね」

お紺は床几から立ち上がり、そっくり長兵衛を探しにいった。鳥近は、

（なんてさいさきがいいんだ。上手《うま》く行きすぎて怖いぐらいだな……）

しばらくするとお紺はそっくり長兵衛を連れて戻ってきた。

「白鷺《しらさぎ》鳥近と申します。『ご無理ごもっとも始末処《どころ》』というのをやっております」

「ああ、あんたが鳥近さんだすか。お噂《うわさ》はかねがね紺太夫さんから聞いとります。屋形船に住んではるそうだすな。えらい風流なことで……」

「風流じゃなくて、お金がないのです」

鳥近は正直に言った。

「それはわてもおんなじだす。お客さんはわての芸をあまりお好きやないみたいで……」

お紺が、

「長兵衛さんの芸はとんでもないよ。けど、隙がなさすぎてウケないのさ。ちょっとぐらい下手《へた》なほうが笑えるんだよ」

「それはわかってるんやけど、やりはじめると気が入ってしもて、ついつい相手に身体《からだ》も心も

なりきってしまいますのや」

　烏近は、

「いやあ、すごいと思いますよ。化粧だけじゃなくて、声まで似ていたのには驚きました」

「声色芸人《こわいろ》は七色の声が出せる、て言いますけど、わては自慢やないけど千通りぐらいの声が使い分けられまっせ。男だけやなく、女のひとや子ども、お年寄りの声もそっくりに出せまっせ。はははは……やっぱり自慢かなあ」

　そこまで言うと長兵衛は声を低めて、

「ここだけの話、わてがやってるのは『七方出《しちほうで》』という忍術だすのや」

「えっ？　では、あなたは忍びのもの……？」

「ある大名に雇われてましたのやが、泰平の世ではなんの仕事もなく、とうとうクビになってしまいました。大坂へ出てきたのはええが、忍術しか知りまへんさかい、食うために芸人になりましたのや」

　どこかで聞いたような話である。

「けど、わての忍びの術がお役に立てるならこんなうれしいことはおまへん。どんなご用だっしゃろ」

　お紺が、

「それは、飲みながら聞いてもらおうじゃないか」

　そう言うと湯呑《ゆの》みを配り、酒を注《つ》いだ。長兵衛はひと息に飲み干し、

「甘露《かんろ》甘露。ええ酒だすな」

やはりよほど酒好きのようである。長兵衛は二杯目を自分で注ぐと、烏近の話を聞いた。一切、途中で口を挟まず、黙っていたが、聞き終えたときに、

「うーん……」

と唸《うな》った。

「これはむずかしいわ」

「そうですか」

「わてはその仇の顔を知らんさかいなあ……。知ってたら、依頼主の顔をそっくりにすることはできると思うけど……」

「なるほど、そりゃそうですね。困ったな……」

「もし、そのお方が仇の似顔絵なんぞを持ってたら、その絵に似せることはできるかもしれまへん。けど、もうひとつ難しいのは、声やしゃべり方を似せることですわ。声がちがうとバレてしまいます。顔はわてが化粧してあげられるけど、声は自分で変えてもらわなならん。わてでも、長いあいだ修業して、そういうことができるようになりましたのや。そのお方にも、仇と似た声が出せるように修業してもらわななりまへん」

「わかりました。——では、九田新右衛門さんと今の話について相談したいと思います。ありがとうございました」

お紺が、

「じゃあ、あとは飲むだけだね。どんどん飲もう」

烏近は、

「だったら今からうちに来ませんか。なんにもないけどスルメと味噌《みそ》ぐらいはありますよ」

長兵衛が、

「わてもいっぺん、その船の家ゆうやつを見てみたかったんだす。お邪魔してよろしいか」

「もちろんです」

というわけで、三人は烏近の屋形船に場所を移し、昼酒を飲んだ。いつしか夜になり、酒がなくなったので烏近が買い足しに行き、酒盛りは夜中にまで及んだ。

◇

翌朝、二日酔いで痛む頭をなだめつつ、烏近は起き上がった。お紺がいつ帰ったのかも覚えていないのだ。顔を洗ってうがいをし、烏近は新右衛門が宿泊しているという道修町の宿屋に向かった。烏近から、そっくり長兵衛の話を聞いた新右衛門は大きくうなずき、

「さすがは白鷺殿。そのような芸を持つものと知り合いとは……」

たまたま昨日知り合ったとも言えず、

「このような仕事をしておりますので、日頃から幅広く交友するよう心掛けております」

「それがし、桜沢伊織の似顔なら所持しております」

そう言って何枚かの絵図を取り出し、烏近に見せた。

「よう描けておる、とそれがしは思います。同じ物書役として机を並べておったそれがしから見てもそっくりな似顔でござる。この絵と同じ顔になれればありがたい。それと、声のことでござるが、仇をおびき寄せるためならばどんな修業でもいといませぬ」

「そうですか。では、早いほうがよい、とのお話でしたので、早速明日《あした》、うちに来ていただけ

ますか」

「いや、今から参ろう」

「今から？　それはさすがに、向こうの都合もありますから……」

「それがしの知ったことではない。こちらは急いでおるのだ。一刻も早う兄の仇を討ちたいのだ」

「それはわかりますが、うーん……困ったなあ。とりあえずそっくり長兵衛さんに話してきますからここでお待ちください」

「うむ、疾《と》く行け、早う行け、今すぐ行け」

新右衛門の言葉に追い立てられ、烏近は長兵衛の家に行った。さいわい今日は仕事はない、とのことだったので、船に来てもらうことになった。

「夜中までここにいたのに、また来ることになるとはなあ……」

そう言って長兵衛は笑った。しばらくすると深編み笠と覆面で面体《めんてい》を隠した九田新右衛門がやってきた。初対面の挨拶《あいさつ》もほどほどに、新右衛門は長兵衛に桜沢伊織の似顔絵を見せた。

「これに似せたらよろしゅおますのやな」

「できますか」

「やってみます」

長兵衛は、昨日寄席で自分の顔でやってみせたように、新右衛門の眉を剃り、顔に薄い色の白粉を塗ったうえで、似顔と同じ眉を描き入れた。含み綿をさせ、粘土のようなもので付け鼻をし、唇も紅色の染料で描き足す。目を大きく見せるためにつけまつげをし、顎の形を変えるために墨で影をつける。

「これでどないです」

「もう少し、下唇が分厚かったようです。眉毛はもっと端が垂れていた。あと、目の下に隈《くま》があったような……」

新右衛門の意見を聞きながら、長兵衛は顔を細かく修正していく。やがて二刻《ふたとき》（約四時間）ほど経《た》ったころ、新右衛門は手鏡を見ながら、

「これでござる。まさしく仇の顔と瓜二つ……！」

新右衛門は感嘆のため息をつきながらそう言った。

「長兵衛殿の技は恐ろしいほどだ。これなら仇の身内ですら、それがしを当人と信じるに相違ござらぬ。――それがしがひとりでこの顔になれるよう、稽古を重ねたいと思いまする。ご教授をお願いいたします」

「そらよかった。――つぎは声としゃべり方やけど……こっちのほうはわてはなにも知らんさかいむずかしい。だいたいどんな感じの声だすか？」

「低めで少ししわがれておりますが、よく響く声だったようでござった」

「こんな感じやろか」

長兵衛は声音を変えてそう言った。

「うーむ……もう少し野太《のぶと》かったような……」

「ほな、こんな具合だっしゃろか」

「似ておる。しばらくその声でしゃべってはもらえぬか」

「よろしゅおます。――そもそも仇討ちと申すは尊属を殺害されたものの公の復讐の手段にて、武士においては主君の許しを受け、仇討ち免状を受けたるものならば、相手を殺しても罰せられることあらず。日本三大仇討ちとして、一に富士《ふじ》、二に鷹《たか》の羽《は》のぶっちがえ、三に上野《うえの》で花ぞ咲かせる、と申すは……」

「もっとこう……濁りがきつかったかもしれぬ」

「一に富士とは、富士の裾野《すその》の巻狩《まきが》りで天晴《あっぱ》れ父の仇討ちをした曽我兄弟《そがきょうだい》のことならめ。二に鷹の羽のぶっちがえとは言わずと知れた赤穂《あこう》義士。本所吉良《ほんじょきら》邸に押し入り、主君の仇を……」

「かなり近づいておる！」

新右衛門は破顔一笑してそう言った。それから長兵衛と新右衛門は一刻《いっとき》ほどかけて声の微調整を行い、ようよう新右衛門が満足する「桜沢伊織の声」になったが、そのあとは新右衛門がその声の出し方を習得する番である。これはかなり難航した。長兵衛は、厳しく新右衛門を指導する。

「声を濁らせるには、ガーとかバーとかいうような感じで、しゃべりながらそこに濁った声を重ねるようにしますのや」

「あー、あー、あー……こんな感じか」

「たしかにしわがれてますけど、それをもっと野太くするには喉を開かんとならんのです」

新右衛門はひたすら稽古《けいこ》を続けたが、一日で完成するはずもない。長兵衛が、

「ほな今日はこのへんにしときまひょか」

あとは酒宴になった。新右衛門は酒豪のようで、豪快な飲みっぷりだった。烏近と長兵衛も負けじと飲んだが新右衛門はあっという間にできあがってしまった。

「うはははは……愉快愉快。長兵衛殿の尽力で仇の桜沢伊織と瓜二つになれそうだ。こんな愉快なことはない。やつめ、かならずやひっ捕らえてくれるわ」

炙《あぶ》ったスルメをコリコリと噛《か》みながら、大酒を飲んでいる。

「長兵衛殿も飲んでくれ。明日もよろしく頼みますぞ」

「承知しとります」

「さあ、ぐーっと飲み干してくれ」

「わても酒は好きやけど、そないに飲め飲め言われても……」

「なに？　それがしの酒が飲めぬと言うのか？」

「そう言うわけやないけど、お酒はゆっくり味わいながら飲むのがええと思いますねん」

「なにを言う。酒はがぶがぶ飲むものだ。斗酒《としゅ》なお辞せず。さあ、飲め飲め」

長兵衛は困ったように烏近を見た。烏近は、

「ひとによって飲み方がちがいますから、それぞれ好きなように飲めばよいのではないでしょうか」

「言い訳はよい。飲むのか飲まぬのか」

「飲みますけどね。そもそもこの酒は私が買ったもので……」

「やかましい！」

そのうちに大いびきをかいて眠ってしまった。長兵衛が、

「酒豪いうより酒乱やなあ」

「こんなことで仇を討てるんですかね」

「仇討ちゆうのは、わてらが思うよりもずっと心労が溜《た》まるもんのようだすな」

「仇を見つけて、討たないことには、まともな暮らしに戻れないのですからね」

そう言って烏近と長兵衛は船の床で寝入ってしまった新右衛門を見つめた。
◇

その日以降、九田新右衛門は「桜沢伊織になる」ための修業にいそしんだ。一日ごとに新右衛門の思う「桜沢伊織」に近づいているらしい。そして、十日ほどののち、長兵衛から「これでよろし」という認可が下りた。

「ここまで似せたらたぶん友だちにもバレまへんやろ。此度《こたび》は、わてが会《お》うたことのないひとに似せる、ゆう荒業《あらわざ》だしたけど、なんとかなりましたわ」

長兵衛はそう言って汗を拭いた。与市兵衛《よいちべえ》も、

「その桜沢伊織ゆうひとに会うたことはおまへんけど、九田さまが別人に生まれ変わったのは間違いおまへん」

新右衛門は、

「秘伝の術をお教えいただき、礼を申しますぞ。これでおのれひとりでも、顔かたち、声、歩き方などを仇とそっくりにすることができまする。長兵衛殿の教えのたまものでござる」

「いえいえ、九田さまの熱心さゆえでおます。三年かけて身につける術を十日で身につけなはった。たいしたもんだすわ」

「はっはっはっはっ。では、祝賀の酒盛りをいたそうではないか」

「うわっ……勘弁しとくなはれ」

連日、稽古が終わったあとに繰り広げられる酒宴での新右衛門の酒癖の悪さに、長兵衛はほとほと参ったようである。烏近も同様であった。新右衛門はからからと笑い、

「では、さっそく桜沢伊織の友人知己《ちき》に近づいて、あれこれ聞き出そうと思う。烏近殿、長兵衛殿、それでは達者で……」

「私もご一緒しましょうか？」

「それには及びませぬ。では、ご免」

新右衛門は船を出ていった。長兵衛は太い息を吐き、

「やっと放免されましたわ。あとは上手い具合に仇をおびき寄せて、仇討ち本懐遂げてもらうことを祈るばかりだすなあ」

烏近は、

「そのことですけど……与市兵衛、ちょっと調べてもらいたいことがあるんだ」

「わかってる。わしもおかしいと思とったのや」

与市兵衛はひょいと腰を上げ、湯呑みに残っていた酒を飲み干すと、

「はあっ、ありがたい！」

と言って額を叩いた。

◇

「うどん屋、かやくうどんというのをくれ。それと酒だ。二合ほど熱燗《あつかん》をつけてくれ」

桜沢伊織は屋台のうどん屋の腰掛けに座り、そう注文した。

「へえへえ……。はい、お酒だす。滅法《めっぽう》熱いさかい気ぃつけとくなはれや」

「わかっておる。——熱っ！」

「言うたやおまへんか。冷ましてから飲みなはれ」

「なにを言う。燗というのは頃合いにして出さねばならぬ。かかる火傷《やけど》をするような熱さにつけるなどとんでもないわ！」

「熱燗ておっしゃったからそないしましたんや。最初《はな》からぬる燗て言うてくれはったら……」

「黙れ！　武士に向かって口答えをするな！　かやくうどんはまだか」

「へえ、お待たせしました」

その武士は青菜、蒲鉾《かまぼこ》、シイタケ、タケノコ……などかやくうどんの具をつまみながら二合の酒をあおり、そのあともう一合、もう一合……と追加して一升酒を飲んだあげく、最後にうどんをずるずると食べ、

「なんだ、まずいな、このうどんは伸びておるではないか」

「それはあんたがぐずぐず酒飲んでたさかいや。あんなに長いあいだほっといたら、そらうどんも伸びるわ」

「なにぃ？　それが武士に向かって言う言葉か。それへ直れ！」

伊織が刀を抜こうとしたので仰天《ぎょうてん》したうどん屋は、

「す、すんまへん。どうぞご勘弁を……」

「うー……今日だけは許してつかわす。時が経っても伸びぬうどんを工夫しておけ。では、ま

た来る」

「あ、あ、お客さん、うどんと酒のお代を……」

「いくらだ」

うどん屋が額を言うと、

「つけておけ」

「そんなアホな……はじめてのお客さんはつけにでけまへん」

「なんだと？」

伊織はふたたび刀の柄《つか》に手をかけた。

「命が惜しくないのか」

「うっへえ……食い逃げのうえに飲み逃げかいな……」

「馬鹿を申せ。そのようなことはせぬ。拙者の名は桜沢伊織。道修町の上野屋という旅籠《はたご》に身を寄せておる。後日、取りに参れ。わかったか！」

うどん屋はすっぽんのように首を縮めた。

◇

「おお、伊織ではないか。息災か」

ひとりの侍がそう声をかけた。とある大名家の蔵屋敷でのことである。

「息災……ではあるが……」

「九田新右衛門の動きはつかめておるのか……」

「大坂に来ているのは間違いないようだ。なにか存じ寄りのことはないか」

「ここしばらくなにも聞いてはおらぬ。殿からも、なにか噂を聞きつけたらすぐにおぬしに知らせるよう厳命を受けておるのだがな……」

「それは残念だ」

「今もまだ善宝寺《ぜんぽうじ》に身を寄せておるのか」

「善宝寺？　ああ……いや、宿を移したのでそのことを知らせに参ったのだ。今は道修町の上野屋という旅籠におる。なので、なにかあればつなぎは上野屋に頼む」

「わかった。しっかりやれよ」

桜沢伊織はその蔵屋敷を離れたが、そのあとをつかず離れずにつけているものがいた。与市兵衛である。

◇

その日、鳥近は高麗橋《こうらいばし》を渡っていた。

（おや……？）

向こうからやってくるのは桜沢伊織の顔をした人物……ということは九田新右衛門ではないか。

「九田さま、首尾《しゅび》はいかがですか」

鳥近はそう話しかけた。

「首尾？　なんのことだ。ついぞ見かけぬ御仁《ごじん》だが、どなたさまかな」

鳥近は一瞬首を傾《かし》げたが、

「えっ……あなたは九田さまではない……ということは……」

しまった……と思ったがもう遅い。

「九田というのは九田新右衛門のことか！」

「えっ……えっ……」

相手は烏近の腕をつかみ、

「近頃、拙者の名を騙《かた》り、料理屋、居酒屋、遊里《ゆうり》などで散財して代を踏み倒したり、拙者の知己と交遊したりしておるものがいると聞く。おぬしはなにか知っておるのか？」

「あ……いや……その……」

「そやつ、拙者にそっくりの顔かたちにて、声やしゃべり方までも瓜二つだそうだ。しかし、断じて拙者ではないのだ」

「へー……そうですか」

「頼む。教えてくれ。拙者にそっくりの人物とどこで会《お》うた？」

「それは……言えません」

「なにゆえだ」

「さようなら……」

「あっ、待て！　逃げる気か！」

「はい」

烏近は必死に走った。玉江橋《たまえばし》から常安橋《じょうあんばし》、筑前橋《ちくぜんばし》から渡辺橋《わたなべばし》……と橋を渡りまくる。ときどき振り返ってみたが、大江橋《おおえばし》のあたりでまくことができた。汗をだらだら流しながら、烏近は船に戻った。

「よう、お疲れ。えらい汗かいてるやないか」

与市兵衛が待っていた。勝手に酒を飲んでいる。

「ちょっとしくじった。――なにかわかったか」

「ああ……思てたとおりや。どえらいことがわかったで」

与市兵衛はそう言った。

◇

月のない晩である。編み笠をかぶった桜沢伊織は、道修町の裏長屋に入った。木戸は開いていた。八軒《はっけん》長屋の西端の一軒のまえに立つ。

「ここだな……」

明かりが漏れている。だれかがいることは間違いないが、話し声や物音は聞こえてこない。しばらく逡巡《しゅんじゅん》したあと、伊織は戸に手をかけ、

「拙者、桜沢伊織と申すもの。近頃、拙者の名を騙り、不埒《ふらち》なふるまいをなすものがおると聞く。その件でおたずねしたい儀があり、まかりこした。――入るぞ」

返事はない。思い切って、からり、と引き開ける。だれもいない。ただ行灯《あんどん》の明かりだけが灯《とも》っている。伊織は油断なく部屋のなかを見渡していたが、

「留守か……」

そのとき、背後にひとの気配を感じて振り返ろうとした瞬間、凄《すさ》まじい剣風《けんぷう》が襲い掛かってきた。土間で前のめりになりながらかろうじて避けたが、右腕に傷を負った。

「なにもの……」

と言いかけて伊織は絶句した。そこに立っていたのは「自分」だったのだ。

「貴様か。拙者の名を騙っていたのは……」

「ふふふ……拙者は桜沢伊織の名を騙ったわけではない。拙者こそがまことの桜沢伊織なのだ」

伊織は、その侍の声が自分とそっくりなことに驚愕《きょうがく》しながら刀を抜いた。

「なにをたわけたことを……」

「この世に桜沢伊織はふたりはいらぬ。ここで貴様を殺してしまえば、拙者が桜沢伊織になる」

「わかった……。貴様、九田新右衛門だな！」

「やっとわかったか。だが、もう遅い。その腕では刀は自在には使えまい」

伊織の利き腕からは血が大量に滴っている。

「卑怯者《ひきょうもの》め。それがしをおびき寄せ、後ろから一太刀浴びせて始末する策略だったのだな……」

「それだけではない。それがしは今日から桜沢伊織として生きていくのだ」

「なに……？」

「貴様を返り討ちにしたとて、それがしは逐電《ちくでん》した身。家も取り潰された。それゆえ、これからは桜沢伊織として第二の人生を歩むのだ。貴様の実家から仕送りを受けながら気楽に暮らしていくつもりだ。悪く思うな」

「なーるほど、そういうことだったのですか」

長屋の外から声が聞こえた。

「だれだ！」

「白鷺烏近」

「と、ありがた屋与市兵衛」

ふたりの男が入り口に立っていた。烏近が珍しく怒りを露《あら》わにして、

「九田さん、あなたも悪人ですね。あなたが討たれる側で桜沢さんが討つ側だったとは……」

九田新右衛門はにやりと笑った。与市兵衛が、

「どうもおかしいと思うて調べてみたら、そもそもおまえに兄弟はおらんやないか。それどころかふた親もなければ、嫁はんも子どももない。でたらめばっかり言いやがって。夜中にべろべろに酔うたおまえが、桜沢伊織さんの兄さんに出会うて喧嘩《けんか》になり、斬り殺したそうやな」

「ほう……なぜおかしいと思うたのだ？」

烏近が、

「あなたの酒癖があまりに悪いからですよ。最初に聞いた話では、相手が酒乱だとのことでしたが、どう考えてもあなたのほうがうえを行ってそうでしたからね。それで調べてみる気になったのです」

「そうか……酒もほどほどにせぬとボロが出るな。だが、どうせおまえたちふたりもまとめて殺してしまうのだ。死人《しびと》に口なしだ」

そう言うと、新右衛門はだらりと垂らした剣を撥《は》ね上げるようにして烏近に斬りつけた。烏近は飛び退《の》きざま、へっつい（かまど）の灰をつかみ、新右衛門の顔面にぶちまけた。

「うがあっ……！」

新右衛門が両目を押さえて数歩後ずさりしたところを、与市兵衛が薪《まき》ざっぱで殴りかかった。涙と鼻水を大量に流しながら新右衛門は刀をめちゃくちゃに振り回す。

「与市兵衛、危ないぞ！」

「なんのこれしき！」

与市兵衛は臆せずに薪ざっぱを打ちふるい、新右衛門の頭をぼかぼか叩きまくった。

「痛い痛い……痛いと申すに！」

「どついとるのやさかい当たり前じゃ」

烏近が新右衛門を羽交《はが》い絞めにした。桜沢伊織が、

「兄の仇……覚悟！」

そう言って刀を左手に持ち替えて新右衛門に斬りかかろうとしたとき、烏近が、

「お待ちください。ここでの仇討ちは許されません。町奉行所にこのひとの身柄を預け、日時と場所を決めたうえで行ってください」

「そ、そうだったな……」

正式に許可された仇討ちであっても、国境を越えて行われる場合は、その場所の奉行所などに届け出をして、その指図に従わねばならなかった。そうでなければ私闘《しとう》とみなされ、罰せられる可能性があったのだ。与市兵衛は持参した縄で新右衛門を縛りあげた。

「へえくしょーん！　へくしょん、へくしい、へーっくしょーい！」

刀を奪われ、涙と鼻水でぼろぼろになっている新右衛門はすでに戦う意欲は失っているようだった。烏近は顔を近づけて手ぬぐいで新右衛門の顔をこすった。伊織の顔の下から新右衛門

本来の顔が現れた。

「新右衛門さん……あなたはこれからの人生、桜沢伊織として過ごす、とおっしゃっておいででしたが……自分でないものになりすまして生きる、というのは虚《むな》しくないですか」

新右衛門は苦笑して、

「虚しくなどない。拙者はとうに親もなくし、兄弟もおらぬ天涯孤独の身。九田新右衛門だろうが桜沢伊織だろうが山田《やまだ》のかかしだろうが同じことよ」

その言葉に鳥近は深いさみしさを感じた。

◇

新右衛門を西町奉行所に引き渡したあと、屋形船に帰った鳥近は、久しぶりにぐっすりと眠った。

「ちょっと……ちょっと……」

だれかが彼を揺り動かしている。

「眠いんです。もう少し寝させてください……」

「もうすぐ昼だよ。たいへんなことを聞き込んできたんだから起きとくれよ」

「たいへんなことはもう解決しました。仇を討つほうだと思ってたひとがじつは仇だったんです」

「そんなことじゃないよ。早く起きないと後悔するよ！」

揺り起こしているのはお紺だった。

「お紺さん……これは夢ですか？」

「夢じゃない。その証拠に……」

お紺は烏近をひっぱたいた。

「痛《いて》てっ」

「痛いだろ？　だから夢じゃないのさ」

烏近は両目を開けて、

「そうですか……」

そう言いながら上体を起こした。

「なにごとです」

「さっき、居酒屋でとなりに座ってた客が言ってたんだ。岸和田城の小夜姫《さよひめ》さまが近々お輿入《こしい》れなさる、とさ」

「ぎょえーーーーっ！」

烏近は船体が震えるほど叫んだ。

「どーゆーことです」

「わかんない。とにかくどこかのお大名の次男だか三男だか四男だかとの縁談を進めてるらしいよ」

「それはいけません！」

「いけませんと言ったってどうしようもないよ。岸和田のお殿さまがそう決めたんだから」

「そんなことを私に黙って勝手に決めるなんて……許せません！」

「あんたはそもそもなんの権もないんだからねえ。——あんた、大丈夫かい？　顔が真っ青だよ」

「おかしいなあ。殿は姫さまを手もとに置いておきたくて、冗談まじりに、生涯嫁に行かないでほしい、と言ってたはずなんですが……。とりあえず明日岸和田に行って、詳しいことを中老《ちゅうろう》の蚊取《かとり》さまにお聞きしてみま……」

そこまで言って鳥近は失神した。

◇

翌朝、岸和田城に出かけようと支度をしていた鳥近の船に意外すぎる来客があった。歩み板を渡ってくる足音が聞こえたので、

「どなたです？　今日は急用ができたので『始末処』はお休みです、と張り紙がしてあるでしょう？」

鳥近が船のなかからそう言うと、

「わしだ、鳥近……蚊取源五郎《げんごろう》だ」

「えっ……！」

行かなくても向こうから来てくれた。

「今からおうかがいしようと思っていたところです」

「小夜姫さまのことだろう」

「はい……」

鳥近はうなだれた。

「ここだけの話、その件はもう少しややこしいことが裏にあるのだ。じつはもうひとり客が来

ておる。入っていただいてもよいか？」

中老の口調から、相手が身分の高い人物だと烏近は察した。

「どうぞ……」

入ってきたのは女性だった。紫色の御高祖頭巾《おこそずきん》をかぶり、なんとも派手で豪華な着物を着ている。

「許せよ。そちが白鷺烏近か」

頭巾を取ってそう言った人物の顔を見て、烏近は驚愕した。岡部美濃守《みののかみ》の側室、お演《えん》の方ではないか。城勤めをしていたころ、烏近は美濃守の小姓頭《こしょうがしら》だったので、直接話をすることはなかったが、何度か間近で見たことはある。

「このようなむさくるしいというか汚らしいというかぼろぼろのところへお出ましになられるとは……座布団もないので、お座りいただくとお召しものが汚れます」

「かまわぬ。そのようなことにはかもうておれぬことが出来《しゅったい》した」

お演の方は羽織《はお》っていた打掛《うちかけ》を船の床に敷くと、そのうえに座り、

「おまえはどんな無理難題も解決するそうじゃな。わらわの頼みを聞いてたも」

「お言葉ですが、お上のお咎めを受けるようなこと、神さま仏さまにしかできぬこと、依頼人が私に嘘をついてだましている場合……この三つはお引き受けいたしかねます」

蚊取が横合いから、

「だが、この依頼はおまえにも関わり合いのあることなのだ」

「どういうことです？」

「それは、わらわからお話ししよう」

お演の方がそう言った。お演の方について鳥近が知っているのは、岸和田城下の「八百梅《やおうめ》」という大きな青物問屋《あおものどいや》の娘で、行儀見習いのため城に腰元《こしもと》奉公に上がっていたところを美濃守が見初《みそ》めて側室にした。美濃守の奥方は江戸屋敷で次男を産んだあと産後の肥立《ひだ》ちが悪くて死去していたが、その後、美濃守は新たな正室を迎えることはなかった。しかし、側室は江戸と国許《くにもと》に数名おり、なかでもお演の方をもっとも寵愛《ちょうあい》していた。

殿はお演の方の言うことならなんでも聞く、殿に願いごとがあるならお演の方に言えばよい……と城下のものたちは言い合っていたという。城を辞して大坂に来たあと、お演の方が男の子を産んだ、というのを鳥近は風の噂で聞いた。ますますお演の方の城内での地位は高まっただろう、と鳥近は思っていたが、

(そのお演の方が自分に頼みとは……)

内容の予想がつかない鳥近に、お演の方は話しはじめた。

先日、鬼神坊《きじんぼう》というひとりの修験者《しゅげんじゃ》が城下に現れた。吉凶を占う術に優れ、どんなことでもぴたりと当ててしまうのだという。実際、お演の方もその修験者を城に招き、自分のことを占ってもらったのだが、それらはすべて的中した。恐ろしいほどの神通力《じんずうりき》である。お演の方は、美濃守にも占ってもらうよう勧めた。

「ふん、そのような胡散臭《うさんくさ》いものの占いなど信用ならぬ」

しかし、お演の方があまりに熱心に勧めるので根負《こんま》けして、占わせることにした。はじめのうちは馬鹿にしていた美濃守だが、身近なものしか知らぬはずのことをあまりに鬼神坊が言い

当てるので驚愕した。

「では、あとひとつ占ってもらおうか。此度、お演が男子《だんし》を産んだ。めでたいことである。余とお演の子だ。かならずや立派な武士になってくれるであろう。幼名として小太郎《こたろう》と名付けたが、ゆくゆく元服したときにはいかなる烏帽子名《えぼしな》をつければよいかな」

「さようでございますな……」

鬼神坊はいらたかの数珠《じゅず》をしばらく激しく揉《も》み立てていたが、やがて、顔をこわばらせ、

「この占いの結果はお答えいたしかねます」

「なに？　なぜだか申せ」

「いえ……この儀ばかりはお許しを……」

「余が申せと言うておる。よいから答えよ。さもなくばこのままでは捨て置かぬぞ！」

「さようでございますか。ならば申し上げます。――殿はその子にどのような烏帽子名がつくかを知ることはできませぬ」

「なんだと！」

美濃守は立ち上がると、

「まさか……小太郎がまもなく死ぬとでも申すか！」

「そうではございませぬ。――亡くなるのは殿のほうでございます。小太郎さま元服まで殿はご存命ではない、という占いが出たのです」

「余が……死ぬというのか。言うてみよ、余はいつ死ぬのだ。五年後か、十年後か……」

「それは申せませぬ」

「いや……申せ！　申さぬとこの場で首をはねるぞ」

鬼神坊はため息をつき、

「いたしかたありませんな。——殿のご寿命は来年の半ばに尽きまする」

「まことか……」

「ただし、これから善根《ぜんこん》を積み、神社仏閣に多額の寄付をし、神仏にすがるならば、もしかすると一縷《いちる》の望みがあるやもしれませぬ。これまでにもそういう例がございましたゆえ……」

しかし、美濃守はそのような言葉は耳に入っていないようだった。へなへなとその場に崩れ落ち、落涙して、

「そうか……余は死ぬのか……」

お演の方が、

「殿、お気をたしかに持たれませ。まだ、そうだと決まったわけではございませぬ」

「このものの占いはかならず当たると申したのはそなたではないか。たしかに、余が寝所《しんじょ》でそなたにしか話していないようなことまで知っておる。——そうか、余は小太郎の元服を見ることはおろか、小太郎が物心《ものごころ》付くときまでも生きてはおれぬのか……」

「殿……」

鬼神坊は逃げるように帰っていった。美濃守はそれ以来ふぬけのようになり、酒浸《さけびた》りになった。朝から夜中まで飲んでいる。少しでも酒が切れると「寿命」のことを思い出すらしく、つねに飲まずにはいられないのだ。だから、いつも起きているような寝ているような朦朧《もうろう》とした状態である。お演の方が添い寝していても、夜中に突然起き上がって歩き回ったり、しゃべっ

たり、不寝番《ふしんばん》にわけのわからないことを命じたりして、しかもそのあとそれらの行動をまるで覚えていなかったりするという。これでは政《まつりごと》がとどこおる。お演の方は、

(たいへんなことをしてしまった……)

と後悔したがどうすることもできない。

「それで私になにをせよとおっしゃるのです？　そこまで聞いた鳥近が、さっきも申しましたが、神さま仏さまにしかできぬことは引き受けられません。殿の寿命を延ばしてくれ、と言われても無理ですよ」

「わかっておる。そのようなことは頼まぬ。――じつは殿が、おのれの声をのちの世に残したい、と言い出したのじゃ」

「はあ……？　声、ですか？」

「殿は、小太郎が物心がついたら、ご自身の声を聞かせてやりたい、とおっしゃる。父親がどのような顔立ちであったか、は絵師に似顔を描いてもらい、それを見せればわかる。なれど、どのような声であったかはわからぬ。余の声をわが子に聞いてもらえぬのが悲しい……と嘆いておいでじゃ」

「気持ちはわかりますが、どうにもなりますまい」

円盤などに声や音を刻み付け、あとから再生する道具……などというものは存在しないのだ。

「もとはといえばわらわのせいでもある。なんとか殿の願いを叶《かな》えてさしあげたいと思い、はるばるここまでやってきたのじゃ。鳥近、よい知恵を貸してくれ」

蚊取が、

「殿が、急に小夜姫さまの婚約を調《ととの》えようと言い出したのも、その修験者の予言がきっかけ

にちがいない。おそらくご自分の生きているうちに嫁ぎ先を決めておこうと思われたのだろう。

頼む、鳥近、なんとか考えてくれ」

「でも、たとえ私が殿の難題を解決しても、小夜姫さまと一緒になれるわけじゃありませんし……」

「それはそうだが……おまえが首尾よく殿の声を小太郎君《ぎみ》に聞かせる手はずを考えついたら、殿は喜んで、おまえと小夜姫さまの婚約をお許しになられるやもしれぬぞ」

「そんなことあり得ません。私はすでに家を勘当になり、侍ですらない身です。こんな男に殿が小夜姫さまとの婚儀を認めるはずがない」

するとと、お演の方が、

「鳥近、殿はわらわの申すことならたいがいのことは聞いてくださる。寝物語にそちのことを頼んでみようと思う」

「え……？　そうですか？」

ひょっとするとひょっとするかもしれない。鳥近は、それに賭けることにした。この依頼だけはどうしても解決しなければならない。ダメだったら……そのときはそのときだ。

「名案があります」

鳥近は言った。

「知り合いに『そっくり長兵衛』という男がおります。百面相の寄席芸人なのですが、自分の顔かたちを他人と瓜二つにするだけでなく、声やしゃべり方までもそっくりに真似できるのです。また、自分の顔や声だけでなく、他人の顔や声までもいじることができます。家臣のうちから適任者をひとり選んで、そのひとが殿の声やしゃべり方を真似られるようになるまで長兵衛に指導してもらえばいいのです」

お演の方が、

「寄席の芸人風情の技で、果たして殿と見分けがつかぬほどにできるであろうか」

「ところが、顔真似や声真似された当人でもわからないほど寸分違《すんぶんたが》わぬ出来《でき》になります。驚きますよ」

「そうか……それはありがたい！　顔まで似せてくれるとは願《ねご》うたり叶《かの》うたりじゃ」

お演の方は膝を打ち、

「早速その『そっくり長兵衛』に頼んでもらいたい。じつはわらわの見知りに京山舞之丞《きょうやままいのじょう》というものがおるが、このものが殿と顔がよう似ておるのじゃ。もちろん瓜二つというわけにはいかぬが、長兵衛に教えてもろうたらそっくりにできるであろう。声やしゃべり方まで似せれば、殿亡きあと、小太郎が物心ついたときに、殿のお声を伝えることができよう」

「はい、では、今から長兵衛のところに参りまして、話をし、もし身体が空いていれば早速お城に連れていくことにいたします」

お演の方は、

「それではわらわはひと足先に帰ります。あとのことは、蚊取、よろしゅう頼みましたぞ」

そう言うと立ち上がり、出ていこうとした。

「あの、打掛をお忘れですよ」

烏近があわてて言うと、

「穢《けが》れたるものゆえ捨てておいてくだされ」

蚊取と鳥近は表まで見送りにでた。岸には警固《けいご》の侍たちが待機しており、そのうちのひとりがお演の方の手を取って船から岸へと上げた。御忍《おしの》び駕籠《かご》という四人担ぎの立派な駕籠が置いてあり、お演の方はそれに乗り込むと帰っていった。

船に戻った鳥近と蚊取は、お演の方が捨てていった打掛のうえに座った。鳥近が、

「ちょっと汚れたからって捨てるなんて贅沢《ぜいたく》すぎますね」

蚊取がため息をつき、

「おまえも知っておるとおり、岡部家の勝手元《かってもと》はほとんど底をついており、先日は一揆《いっき》が起こりそうになったほどだが……その因《いん》のひとつは間違いなくあのお方なのだ。しかし、殿の寵愛著《いちじる》しく、だれも咎めることができぬのだ」

「でしょうね。なんとなくそんな気がしてました。──それにしても、ひとの寿命を言い当てたりすることができるものでしょうか。私には信じられませんが……」

「わしも半信半疑だが……お演の方と殿は恐ろしいほどいろいろなことが当たったらしく、すっかり信じておられる。じつはわしもひとつだけ占うてもろうたのだ。先日、紙入れを失《な》くしてのう、どこかで落としたのだろうが、屋敷のなかをいくら探しても見つからぬ。道で落としたか、それとも城か……とあれこれ考えていたが、思い切って鬼神坊にたずねてみると、城の二の丸の庭石の陰にある、との答であった。まさかと思って探してみたところ、鬼神坊の申すとおりであった。そんなところに行った覚えはないのだが、とにかく当たったことは当たった」

「ふーん……本当に神通力があるのかな……」

　烏近は首をひねった。

◇

　烏近と蚊取が寄席に行くと、ちょうどそっくり長兵衛はつぎの出番だった。ふたりは客席で長兵衛の百面相の芸を見物した。蚊取ははじめて見る長兵衛の神技《しんぎ》ともいえる七方出の技に驚嘆し、

「うーむ……あのものなら心配あるまい！」

　舞台を降りてきた長兵衛に烏近が事情を話し、力を貸してくれるよう求めると、

「お殿さまの声を残す……ええ話やおまへんか。お手伝いさせてもらいまっさ」

「岸和田に行ってもらわねばなりませんが、それぐらいのことなら幾日ぐらいかかりますか」

「わてがお殿さまの顔や声を写し取るのはすぐにできます。その京山舞之丞とかいう御仁の顔をそっくりにするのもたやすいことだす。けど、肝心の声やしゃべり方はかなり稽古して身につけてもらわんとあきまへんさかい、そやなあ……四日か、長《なご》うても五日もあったらなんとかなりますやろ」

「じゃあ往復の道中を考えて七日間、身体を空けてもらえますか。忙しいときにすみませんが手当ては十両お支払いします」

「ははは……忙しいことなんかおまへん。今からお席亭《せきてい》に話してきますさかい待っってとくなはれ」

　長兵衛の協力が得られることになったのでこの一件はほとんど解決したも同様だった。あと

はさしあたって自分はなにもすることがない。蚊取は、明日から十日間、城下の「松藻屋《まつもや》」という旅籠を押さえておくから、そこに泊まってくれ、と言って帰っていった。

こうして翌朝早く烏近は長兵衛、お紺、与市兵衛とともに岸和田城に向かって出発した。着くのは夕方だろう。下手をすると夜になる。烏近は物見遊山《ゆさん》気分の三人を急き《せ》立てた。歩きながらお紺が、

「それにしてもその鬼神坊とかいう行者《ぎょうじゃ》、すごい法力《ほうりき》だねえ。そんなに当てる占い師はめったにいないよ」

与市兵衛が、

「せやから殿さんも信じたわけやな、おのれの寿命のことを……」

長兵衛が、

「でも、おんなじようなことは南蛮手妻でもできるのとちがうか。お紺さん、どない思います？」

「そうだねえ……あたしゃやったことないけど、たとえば花札かなにかを十枚ほど客に見せて、そのうち一枚を口には出さず心のなかで選ばせる。大げさに呪文みたいなものを唱えたあと、客に、なんの札を念じたかたずねるのさ。客が『松の二十』とでも言ったら、では、そこの座布団の下をごらんなさい、と言う。客が座布団をめくったら松の二十札が出てくるという寸法さ。けど、十枚の札を、一枚は座布団の下、一枚は張り紙の裏、一枚は湯呑みを置いたお盆の下……という風に隠しておいて、客が口にした札を隠したところを言うだけのことなんだけど、それでもけっこう不思議がられるものさ」

「なるほど……鬼神坊の手妻も案外そんな仕掛けがあるのかもしれませんね。殿の声をのちの世に残すのも大事ですが、鬼神坊が本物の神通力があるかどうかも調べねばなりません。そのあたりは与市兵衛とお紺さんにお願いします」

岸和田城下に着いたころにはまだ日は沈んでいなかった。四人は松藻屋の二階の部屋で旅装を解いた。すぐに城から蚊取源五郎が飛んできた。

「よう来てくれた。では、疲れておるところを悪いが、お演の方さまが今か今かと待っておられるゆえ、長兵衛殿だけわしと同道して城に行ってもらいたい。殿のお顔を見てもらい、しゃべっているのを聞いてもらわねばならぬが、差し向かいというわけにはまいらぬ。わしやお演の方さまと話をしているのを陰から見聞きしてほしいのだ」

「へえ、承知しました」

烏近が、

「え？　私は行かなくてもよいのですか？」

「うむ……。もし、おまえが来ていることが殿の耳に入ったら激怒なさるのは間違いない。今、ややこしいことはなるたけ避けたいのだ。それに、そもそも来てもらってもおまえの仕事はなかろう」

「そりゃそうですが……」

「とにかくおまえはなるたけ宿にいろ。表に出るな」

「そんなこと言われても……。ところで鬼神坊という修験者は今、どうしていますか？」

「あれから姿を消してしまった。たぶんおのれの占いで殿の寿命を言い当ててしまったことで身の危険を感じたのではないかな」

蚊取が長兵衛とともに城に戻っていくのを烏近は二階の窓から眺めながら、

「どうも気になるな……」

そうつぶやいた。晩飯は、蚊取が張り込んでくれたらしくなかなかのごちそうが出た。魚の塩焼きと焼き豆腐、コンニャク、大根の煮物ほか、刺身までついていた。酒もいくらでもお代わりをしてよい、とのことだったので、与市兵衛とお紺はここを先途《せんど》とがぶがぶ飲んだ。しかし、烏近はそんな気になれなかった。

(お小夜さまの嫁ぎ先が決まろうとしているのに、こんなところでごちそうを食べて酒を飲んでいていいのか……)

しかし、今のところはどうすることもできず、烏近はちびちびと盃《さかずき》を重ねたが、そのうちに昼間の疲れで寝てしまった。

翌朝、朝飯を食べると、与市兵衛とお紺は鬼神坊について探るために、城下へと散っていった。見送った烏近は部屋でごろりと横になった。暇である。しかし、蚊取に釘《くぎ》を刺されているから外へは行けない。じつは近くに実家があり、父親や弟がいるのだが、もちろん勘当の身では近づくことはできないから、表に出ないほうが無難かもしれない。

旅籠では食事は朝晩だけで、昼飯は出ないのが普通だったが、長逗留《ながとうりゅう》だし、外出できないので、女中に無理を言って、握り飯を持ってきてもらった。茶を飲みながら握り飯を食い、烏近はいらいらしながら与市兵衛たちの帰りを待った。ふたりは夕暮れ時に戻ってきたが、待ちかねた烏近が、

「どうでしたか？」

ときくと、お紺は、

「とにかく冷たい茶を一杯おくれよ。歩き回って喉がからからさね」

与市兵衛も、

「わしもや。汗だくやさかい水を飲まんと……」

烏近が土瓶の茶をいれてやると、ふたりとも一気に飲み干し、

「はあっ、ありがたい」

「で……鬼神坊の行方はわかりましたか」

お紺が、

「それがさっぱりなのさ。あちこちきいて回ったんだけど、皆目《かいもく》わからない」

「こっちもや。煙みたいに消えてしもたわ」

「明日はべつのところを探すよ。——さて、今夜のごちそうはなんだろね」

「わしもそれだけが楽しみや。今夜も飲むでえ」

烏近はため息をついた。

◇

それから五日経ったが、長兵衛は城から帰ってこなかった。蚊取からのつなぎも来ない。お紺と与市兵衛も収穫なしで、烏近のいらいらは頂点に達した。

「これはおかしい。長兵衛さんは四日あればなんとかなる、長くても五日、と言ってたはず。それに、お城に行ったのはその前日の夕方だ。遅すぎる」

「その京山舞之丞ゆう侍の物覚えが悪《わる》うて手こずってるのとちがうか」

「そうだとしても、蚊取さまからなにか言ってきてもいいだろう」

「それもそやなあ……」

「今から蚊取さまにお会いしてくる！」

「なんやて？　中老さんに、出歩くな、城へは来るな、て言われてたのを忘れたんか」

「こう毎日毎日この部屋のなかでじっとしていたら頭がおかしくなる。だからまず蚊取さまのお屋敷に行き、なにがどうなっているのかを問いただすんだ」

蚊取源五郎の屋敷は城の三の曲輪《くるわ》にあった。烏近はひとりでそこに向かった。しかし、取り次いでもらおうと門番に話をすると、驚くべき応《いら》えが返ってきた。

「旦那さまはお殿さまに急な用事を命じられて京に向かわれたそうで、ここにはおられぬよ」

城務めの時代から顔を見知っている門番は嘘をついている風にも見えなかった。

（どういうことだ。この件を放り出して旅に出た、というのか……）

烏近は思い切って、外曲輪にある自分の実家を訪れた。庭から縁側に回ると、今日は登城《とじょう》日ではないのか、彼に代わって跡目を継いだ弟の右三郎《うさぶろう》がなにやら書きものをしていた。右三郎は烏近に気づき、

「兄上ではありませぬか！　今、父上は釣りに行って留守ですが、もし見つかったら……」

「うん、すぐに帰るよ。ひとつだけ教えてくれ。六日まえの夕方、蚊取さまと一緒に『そっくり長兵衛』というものが城に来たかどうか調べてくれないか？　お演の方さま、もしくは京山舞之丞という方の客人ということになっているはずなんだが……」

「兄上もご存じのとおり、それぞれの門からの出入りはすべて帳面につけることになっておりますから、調べればわかります。ですが……」

「久しぶりに会った兄の頼み、無下《むげ》に断るというのか」

「私もきいてあげたいですが……」

「もしかしたら岡部家にとっても大事なことかもしれんのだ」

「わかりました。お演の方さま、もしくは京山舞之丞氏《うじ》の客人で『そっくり長兵衛』殿ですね。すぐに帳面を確かめてまいりますゆえここでお待ちくだされ。ただし、くれぐれも父上には見つからぬよう……」

　そう言うと右三郎は足早に家を出ていった。

（なんのかんのと言っても弟は弟だ……）

　そんなことを思いながら烏近がその帰りを待っていると、

「右近《うこん》……そこでなにをしておる！」

　顔を向けると、父親の白鷺喜三郎《きさぶろう》が釣り竿と魚籠《びく》を持って立っていた。

「つい実家が恋しくなって……」

「嘘を申せ。おまえが無理難題を解決する仕事をしておるというのは蚊取さまに聞いておる。その用事で参ったのだろう」

　怒鳴りつけるかと思ったが、喜三郎は案外静かだった。

「達者でやっておるか」

「はい、なんとか……」

「家に上げてやりたいが、それはできぬ」

「わかっております。――あのー、お演の方さまというのはどういうおひとですか」

喜三郎は顔をしかめた。

「そのことでわれらは困っておるのだ。あの女狐《めぎつね》が来てからというもの、城のなかがめちゃくちゃなのだ。領民の怨嗟《えんさ》の声も高まっておる。殿にあることないこと吹き込んでふぬけのようにしてしまった。今、殿は毎日酒浸りだ。このこと大公儀《おおこうぎ》に知れたら岡部家は取り潰されてしまう」

そこへ右三郎が戻ってきて、親しげに話をしている父親と鳥近を見て目をこすった。鳥近は、

「右三郎、どうだった？」

「帳面をすべて調べましたが、お演の方さまのところへも京山舞之丞氏のところへも長兵衛なる名前の来客はございませんでした。そのような人物は来ていないと思われます」

「そんな馬鹿な……」

長兵衛はどこかに消えてしまったのだ……。そのとき、喜三郎が、

「右三郎、なにをしておる！　こやつはもう白鷺家の人間ではない。早う叩き出せ！」

そう叫んで、釣り竿を槍《やり》のように構えて突いてきたので、鳥近はたまらずその場から逃げ出した。

◇

「どういうこっちゃ！」

与市兵衛が大声を出した。お紺が、

「長兵衛さんが消えちまうなんて……。それに、蚊取さんまで……」

烏近が、

「私の考えでは、ふたりともお城のどこかに捕らわれているのではないかと思うのです」

「そうかもしれない。でも、どうやって助け出すのさ。あたしたちゃ、のこのこお城に入っていけないよ」

「なにかやりようがあるはずです。――ところで今日の首尾はいかがでしたか」

するとと与市兵衛が血相を変えて、

「やっとわかったんや。そのお演の方ゆう女、ろくなやつやないで！」

「どういうことだ？　おまえは鬼神坊の居場所を探ってたはずだが……」

「まあ、聞いてくれ。わしは鬼神坊の足取りを追って岸和田の町を毎日聞き込みに回ってた。そんななかで、ある大きな八百屋に入ってみたら、そこが烏《う》ーやんに聞いてた『八百梅』やった。そこの番頭に、『こちらの娘さんはえらい出世やそうだすな。お殿さまの側室になって男の子を産むやなんて、たいした玉の輿やがな』て言うたら、『ああ、あれはほんまはうちの嬢《とう》さんやおまへんのや。旅の修験者が連れてた娘でな、器量よしやさかいお城に奉公に上げたい。ここの娘やということにしてもらえんか、とうちの旦さんが頼まれたそうだす。旦さん、お人よしやさかい引き受けた……こういうわけで、うちにはなんの関わりもおまへんのや』……こんなこと言うとったで」

お紺が、

「じゃあお演の方は鬼神坊の娘ってことじゃないか。そりゃあ娘のことならなんでもよく知ってて当たるはずだよ。どうせお殿さまが寝物語にお演の方に話したことも、筒抜けになってたんだろうよ」

「蚊取さんの紙入れはどうかな」

「きっと蚊取さんが城のなかのどこかで落としたのを、お演の方が拾って、庭石の陰に隠しておいたのさ」

烏近が、

「そんなところでしょうね。ということは……殿の寿命の話もでたらめみたいだな」

お紺が、

「お演の方はなにを狙っているんだろ。鬼神坊の手妻を使って殿さまを手玉に取ってさ……」

「おのれの産んだ小太郎君を岡部家の跡取りにしたいのかも……」

「もう岡部家の跡目争いには決着がついたはずやで」

「なにか企《たくら》んでますね。もしかしたら……」

烏近が言いかけたとき、

「そこまでだ！」

部屋の三方の襖《ふすま》が足で蹴り倒され、三人の侍が乱入してきた。すでに抜刀している。

「うひゃあっ」

「ひいっ」

与市兵衛とお紺が悲鳴を上げた。烏近はふたりをかばうようにしてまえに出ると、

「なにやつ……名乗れ！」

武士に戻ったような声でそう言った。武士たちは無言で間合いをはかっていたが、やがてひとりが、

「えいっ!」

と斬りかかってきた。丸腰の鳥近は男の刀を身体を横に曲げてかわすと、倒れた襖を両手でつかみ、男の頭に叩きつけた。紙が破れ、男は襖に刺さってしまい動けなくなった。ほかのふたりの侍が目配せをしたあと、左右から同時に斬りつけてきた。絶体絶命と思われたとき、雷光のように部屋に飛び込んできた人物が刀を抜き打ちにして片方の腕を斬り、もう片方に向かって正眼《せいがん》に構えた。相手は顔をひきつらせて同じく正眼に構えていたが、

「うう……引けっ! 引けっ!」

三人の侍はどたばたと部屋を出ていった。ひとりは襖を取ろうとしてもがきながら走っている。

「父上……!」

鳥近は喜三郎に向かって頭を下げた。

「どなたかな。わしには次男はおるが長男はおらぬ」

「そうでしたね、忘れておりました。——今の連中はおそらくお演の方が我々の口封じに送り込んできたのでしょう」

「ということは、城に入った長兵衛という男と蚊取さまも危ないな」

「父上、じゃなくて白鷺殿、例の跡目問題は今、どうなっておりますか」

「一旦は殿の申し渡しにてご長男長寿君《ながひさぎみ》がご相続と決したが、おまえが出ていったあと、江戸

においでのご長男のご病気ますます進み、ご政務に耐えられるのか、という議論が起きた。と申して、当地におられたご次男吉之助《きちのすけ》君はすでにほかの大名家に婿《むこ》養子に出してしまった。いまさら戻すわけにはいかぬ。そこで小太郎君お世継ぎ……の芽も出てきたということだ」

「ははあ……」

「わしが気になっておるのは、おまえが言うた京山舞之丞という男だ。岡部家代々の臣ではない。どこで見つけたのか、お演の方が少しまえにどこからか連れてきておのれの警固役の頭《かしら》とした。そして、殿にねだって、三の曲輪にある大きな屋敷をあてがった。剣術もからきしでな、なにゆえそのような男に警固の仕事を任せたのか、と思うておったが、男の顔がのう……殿にどことのう似ておるのだ」

「声はどうですか」

「まるでちがう。甲高《かんだか》い、猿のような声だ。口調も早口で、殿とは似ても似つかぬが……」

「なーるほど……」

烏近は喜三郎ににじり寄り、

「これは一大事かもしれません。もし、よかったら私を……」

「わかっておる」

喜三郎はうなずいた。

◇

夕刻になると、十以上もある城の門はすべて閉ざされる。そして、夜間の出入りを事前に届け出たもののみ、門番が開門してくれるのだ。すでにあたりは真っ暗である。喜三郎は三の曲輪にある南大手門《みなみおおてもん》のまえに立った。だれか外出者がいるのだろう、門番がふたりいる。塀《へい》を乗り越えるような侵入者があっても、不寝番が城内各所を見回りしており、すぐに捕まってしまう。

「馬廻《うままわ》り役白鷺喜三郎でござる。開門をお願いいたす」

喜三郎が声をかけると、門番が灯《あか》りで顔を照らし、

「白鷺氏か。今日は貴殿が夜、ここを通られるとは聞いておらぬが……」

「蚊取さまのお屋敷に忘れものをしたので取りに参ったのだ。すまぬがちょっと開けてくれ」

「いや、それは……」

「頼む。今日もろうて帰らぬと硬《かと》うなり、食えなくなってしまう」

「なんでござるか、それは」

「土産《みやげ》にもろうた饅頭《まんじゅう》だ。すぐに取ってくるゆえしばらく目をつむってくれ」

ふたりの門番は顔を見合わせ、

「白鷺氏ならば信用もござる。——われらあちらを向いておりますゆえ、そのあいだにお入りください。すぐに戻ってきてくだされよ」

「わかっておる」

門を少し開けてくれた門番たちが明後日《あさって》の方角を向いているあいだに、喜三郎は門の隙間から三の曲輪に入った。彼の身体に隠れるようにしてもうひとつの影が侵入したことは言うまでもない。

「ご苦労」

しばらくして戻ってきた喜三郎が門を出ると、門番たちは、

「饅頭はありましたかな」

「いや……なかった。わしの勘違いだったらしい。すまんすまん」

そう言うと喜三郎は外曲輪にあるおのれの屋敷に戻った。そして、右三郎に、

「右三郎……今宵か明日、なにか出来《しゅったい》するやもしれぬ。刀の目釘《めくぎ》を確かめておけ」

「ははっ」

右三郎も緊張の面持ちでうなずいた。

◇

烏近は京山舞之丞の屋敷のまえに佇《たたず》んで、しばらく門を眺めていた。立派な長屋門《ながやもん》で千石以上の格式だろうと思われた。しかし、もちろんそこからはなかには入ろうとせず、裏手に回った。塀に沿ってこそこそ歩いていくと、裏門があった。くぐり戸を押してみると錠《じょう》が下りている。しかたなくそこに生えていた松の木に必死でよじのぼる。

(木登りなんて子どものころ弟とやって以来だな……)

なんとか塀を乗り越えたが、今度は飛び下りないといけない。烏近は、無様《ぶざま》に尻もちをついた。

「おい、今、庭で音が聞こえなかったか」

「さあ……」

離れにある座敷の窓から明かりが漏れている。その部屋から声が聞こえてきた。

「たわけめ！　武士が三人もおって、町人や女芸人めらに後れを取るとは能無しどもめが！」

「しかし、鬼神坊さま……あとから来た年寄りが強いのなんの……」

「そやつは馬廻り役白鷺喜三郎というものらしい。口封じをせねばならぬものがひとり増えたではないか。われらの計略が露見したらどうする」

「明日にでももう一度襲撃して……」

「明日は殿の世継ぎ申し渡しがある大事な日だ。騒ぎを起こすのはまずい。首尾よくことが運び、万事がとどこおりなく終わったら、こちらのものだ。長兵衛と蚊取とともに始末してしまえ」

「承知いたしました」

「京山殿のほうもぬかりはなかるまいな」

「うむ……何度も稽古は積んだ。今では余は生まれながらに岡部美濃守であった心地さえしておる」

その声に聞き覚えがあった。鳥近は窓に近寄り、指先を濡《ぬ》らして障子《しようじ》に穴を開けた。のぞいてみると、修験者の恰好《かつこう》をした男が上座にあぐらをかいている。そのまえにはさっきの三人組の侍が小さくなっている。そして、その横には……。

（殿……！）

岡部美濃守が座っているではないか。

（こいつが京山舞之丞なのだろうな。それにしても顔かたちといい、声といい、しゃべり方といい、殿にそっくりだ……）

鳥近は、そっくり長兵衛の技に今更ながらに舌を巻いたが、その長兵衛の姿は座敷のなかにはない。蚊取源五郎も見当たらない。長居は無用と、烏近はそっとそこを離れた。

(どこかに押し込められているはずだ。この離れではないな。母屋《おもや》のほうか……)

そんなことを思いながら這《は》うようにして庭のなかを調べていると、常夜灯の光になにかがきらめいた。腰をかがめてよく見ると、土のうえが一か所だけ白くなって、それが線のように伸びているのだ。指先でつまんでみると、どうやら白い貝殻を細かく砕いて撒《ま》いたものらしい。

(もしかしたら……)

これは長兵衛が残した目印ではないだろうか。どこかに連れ去られそうになったとき、ひそかに地面に撒いておいたのでは……。

(あのひとは元忍びのものですから、あり得ないことではないですね……)

烏近がその白い筋を追っていくと、庭の隅にある物置きの入り口のまえで消えていた。

(もしや、このなかか……)

鍵はかかっていない。烏近がそっと戸を開ける。予想に反して、なかは空っぽだった。入ってみる。真っ暗なので紙燭《しそく》を点《つ》けた。そのか細い灯りのなかに、驚いたことに縄梯子《なわばしご》が浮かび上がった。その先は地下へと続いている。下りていくと、横穴があった。

(いつのまにこんな仕掛けを……)

岸和田城は戦国の世から続く城である。もしかしたら最近のものではなくそのころに作られた護身のための抜け穴かもしれない、と烏近は思った。そっと進むと、灯りが見えてきたので、烏近は紙燭を吹き消した。土牢《つちろう》のようなところにぐるぐる巻きに手足を縛られ、猿轡《さるぐつわ》をはめられた長兵衛と蚊取が入れられていた。一本だけ蠟燭《ろうそく》が立ててある。烏近に気づいたふたりが

顔を輝かせ、じたばたと暴れはじめたので、

「お静かに。今お助けします」

烏近は牢の錠前を石で叩いて壊すと、扉を開け、手早くふたりの縄を解いた。息も絶え絶えなふたりはしばらく起き上がることもできぬようだった。長兵衛が、

「殿さまの声としゃべり方はすぐに写し取れたんで、すぐに京山舞之丞ゆうやつにそれを稽古させたんやが、三日ほどで上手にしゃべれるようになった。顔の化粧とかのやり方も教えたんで、あとは自分でできるやろ、ゆうて去《い》のうとしたら、蚊取さんと一緒にここに放り込まれたのや」

「そうでしたか……」

「けど、あれはおかしい。絶対におかしい」

「なにがですか」

「京山がわてになんべんも稽古させた台詞《せりふ》や。『皆のもの、今から上意を申し渡すゆえよく聞け。世継ぎの件、一度は長男長寿に決したが、その後の事情を勘案して取り消し、三男小太郎に継がせるものとする。変更はあいならん。よいな』……これぱっかり稽古してたわ」

「ははあ……」

烏近はようやくお演の方がなにをしたいのかわかった。

三人は地下牢を脱出した。元忍びのものである長兵衛が、あとのふたりに塀を乗り越えさせた。長い監禁生活にへたばった長兵衛が、

「早う城を抜け出して、旅籠に戻ろ」

とせっつくのを、

「待ってください。旅籠に戻るのは危ない。城のなかでどこかに身を潜めていたほうが安全です」

「わしの屋敷も危なかろうな」

「はい。――どこか見つからない場所……」

鳥近は思いついた。そして、

「蚊取さま、ちょっとお話が……」

◇

「おお……鳥近ではないか！　かかる夜中にどうしたのじゃ」

小夜姫はうれしそうにそう言った。

「しっ……お静かに。じつはいろいろありまして、我々三名を明日までこの部屋にかくまっていただきたいのです」

「それはよいが……明日は父上が世継ぎについて皆に申し渡すことがあるとやらで、わらわも世継ぎの間に来るようにと内々のお達しがあった。面倒くさいが行かねばならぬ」

「まさにそのことで参ったのです。――ところで姫さま、縁談のほうはどのようになっておりますか」

「わらわの縁談か。それもめんどくさい話じゃ。わらわはそなたのところ以外に嫁ぐつもりはないから気にするな」

「姫さまがそうおっしゃっても、殿がお許しくださらないでしょう。むりやり婚儀を進められたらどうにもなりません」

「ははは……そのときはそなたがわらわをかっさらって逃げてくれればよい。どこか遠いところでふたりで暮らそうではないか」

烏近は、

(やはりこのひとはぶっ飛んでる……)

と思ったが、

「そうはまいりません。――しかし、よいことを思いつきました」

「どんなことじゃ」

「それは明日のお楽しみ、ということで……」

烏近はそう言ってかすかに笑った。

◇

翌日、世継ぎの間で儀式がはじまる少しまえ、二の丸にあるお演の方の部屋で密談が行われていた。

「どうじゃ、舞之丞。上手く世継ぎを宣《せん》することができそうか。此度のことはなにもかもそのほうの首尾にかかっておるのじゃ」

お演の方のまえに座っているのは、どこからどう見ても岡部美濃守である。

「ご安心を。それがし、立派に殿の代役を務めてご覧にいれまする」

「よう申した。その方が世継ぎの間で申すこと、わらわのまえで今一度おさらいしてみせよ」

京山舞之丞は胸を張り、

「皆のもの、今から上意を申し渡すゆえよく聞け。世継ぎの件、一度は長男長寿に決したが、その後の事情を勘案して取り消し、三男小太郎に継がせるものとする。変更はあいならん。よいな」

声高らかにそう宣した。お演の方は興奮した様子で、

「わらわにも、そのほうがまことの殿としか思えぬ。この出来ならば家臣どもも信じるであろう。その調子で頼むぞ」

「その、まことの殿のほうはいずれでござる」

「ほほほ……今はこの隣室にてしたたか酔うてお眠りじゃ。昨夜《ゆうべ》から飲み続けゆえ、当分お目覚めにはなるまい。起きそうになったら、侍女が口をこじあけて酒を飲ませることになっておる」

「殿が素面《しらふ》に戻られたとき、世継ぎのことなど言うた覚えはない、と言い出したらどうするのです」

「心配いらぬ。あとでわらわが言いくるめておく。殿は近頃、ご自分が寝ているのか起きているのか、今が昼か夜かもわからぬご様子。夜中に立ち上がって歩いたり、なにかを命じて、そのことをあとで覚えておられぬ……などとわらわが作りごとを吹き込んであるゆえ、信用なさるであろう。それに、大勢の家臣のまえで殿本人が言うた言葉は取り消せぬ」

「ならば結構。――では、そろそろ本丸の控えの間に参りますゆえ、お演の方さまもお支度なさいませ」

「うむ……では、のちほどのう。やっとわれらが悲願が達成となる。うれしや……」

「それがしもうれしゅう存じます」

美濃守そっくりの男は部屋を出ていった。

「知らぬというのは恐ろしいことよ。舞之丞、われらが悲願、達成できた暁にはそのほうの命はないのじゃ。なにしろ殿はふたりはいらぬからのう……」

お演の方は満足そうに笑った。

◇

やがて刻限が来た。世継ぎの間は、本丸小書院《こじょいん》に隣接した小部屋である。

「殿のおなりー」

先ぶれの声がして、控えの間を出た美濃守がやってきた。待ち構えていたのは赤ん坊を抱いたお演の方、小夜姫、そして、筆頭家老中順康《なかよりやす》をはじめ主《おも》だった家臣たちである。蚊取源五郎の姿はない。

美濃守は一同を重々しく睥睨《へいげい》したあと、

「一同大儀である。余は近頃、神通力ある鬼神坊なる修験者の言に惑わされ、寿命が残り少ないと思い込んで酒浸りの醜態をさらしておったが、喜べ、鬼神坊はただの手妻使いにて、彼奴《きゃつ》の言葉は嘘偽りとわかった。今後は正気に立ち返り、政に励むゆえ許してくれ」

お演の方は仰天した。打ち合わせとはまったくちがうことを美濃守が言い出したのだ。

「それでは皆のもの、今から上意を申し渡すゆえよく聞け。世継ぎの件は以前に定めたとおり、長男長寿のままとする。また、小夜姫の婚儀の件は、一度は他家に嫁《たけ》がせようと思うたが、その後の事情を勘案して取りやめ、此度のことで大いに手柄があり、当家の存亡を救うた元当家家臣白鷺烏近に嫁がせるものとする。変更はあいならん。よいな」

お演の方は、

「お、おまえは京山舞之丞ではないな。なにものじゃ！」

そのとき一同の後ろから現れたのは蚊取源五郎だった。

「蚊取……なにを企んだ！」

「控えよ。貴様こそ、殿を指差して京山舞之丞だなどと申すのは錯乱しておる証拠。別室で話を聞かせてもらうゆえ、さあ、参られよ」

「下がれ！　わらわは小太郎君の母なるぞ」

「黙れ！　おのれの子を世継ぎに据えようと企み、殿をたぶらかした罪軽からず。なお、貴様の父である鬼神坊やその仲間たちも、今、家臣たちが京山屋敷に召し捕りに向こうておるはずだ。あきらめよ」

その捕縛隊に父と弟が加わっていたことを、烏近はあとになって知った。お演の方は赤子を抱いたままその場に崩れ落ちて泣き出し、蚊取が立ち上がるよううながしても動こうとしなかった。岡部美濃守は小姓を連れて悠々とその場を去っていったあと行《ゆ》き方《かた》が知れぬようになった。

◇

それから一刻ほどのち、美濃守は家臣たちによって二の丸で眠っているのを発見された。大量の水を飲まされて目を覚ました美濃守に筆頭家老中順康が、

「先ほど世継ぎの間にて……」

と美濃守の上意のことを話すと、

「なに……？　余がそのようなことを申したというのか」

「はい、我ら家臣一同、はっきりとこの目で見、この耳で聞きましたるゆえ間違いございませぬ」

「うーん……覚えておらぬが……余が小夜姫を白鷺烏近に嫁がせると申したのだな。烏近は当家のものではないし、侍ですらないのだぞ。大名の娘を町人に嫁がせるとは……」

「綸言《りんげん》は汗のごとしと申します。貴き身分のお方が一度宣したことは取り消すことはできませぬ」

「うーん……」

「それと、お演の方さま、鬼神坊、京山舞之丞、そのほか一味徒党のもの、召し捕らせましてございます。今、目付《めつけ》が吟味中でございます」

「お演を召し捕った？　たわけたことをいたすな。ただちに解き放ってやれ」

「そうはまいりませぬ」

「なんの罪じゃ」

「父親である鬼神坊を城に引き入れ、嘘偽りの占いをして殿をたぶらかし、小太郎君を世継ぎにしようと企んだ罪でございます」

「なに……？　では、余の寿命が尽きかけているというのは……」

「まったくのでたらめでございました。殿のお心をかき乱し、酒におぼれさせて、その隙に政をわたくしせんとしたのでございます。その罪軽からず……」

「なんと……あのお演が……」

美濃守の顔がきりりと引き締まった。そのあと中順康から事件の詳細について説明を受けた美濃守はため息をつき、

「許すわけにはいかぬ。鬼神坊とその一味は目付の吟味を踏まえて重き処罰をいたせ。お演は、小太郎の母であることから罪を減じ、尼といたして寺に預け、終生見張りをつけよ」

「かしこまりました。——ところで殿……ご自分の声をご逝去のあとも世に残し、小太郎君が物心ついたら聞かせたい、とお演の方さまにおっしゃったことはございますか」

「ない。そのようなことは意味がなかろう」

「なにゆえでございます」

「子どもには、父親に似た声を聴かせるのではなく、父親がなにを言うていたかを教えることが肝要ではないか」

「御意《ぎょい》にございます」

そう言いながら中順康は、

(殿は案外聡明《そうめい》なのかもしれぬな……)

と失礼なことを思っていた。

「ということは、それもお演の方さまと鬼神坊が考え出した嘘だったのでございますな」

「うむ……。順康、此度のこと、たしかに白鷺烏近の働き天晴れと認めざるを得ぬ。もし、あやつがおらねば当家は公儀から取り潰されていたかもしれぬ。——小夜姫の気持ち次第ではあるが、先ほど余が皆のまえで言うたらしきことをもう一度ここでそちに言うておく。小夜姫は

烏近のところに嫁がせてよい」

「どのようなやり方で……？」

「身分違いの婚儀はご法度というのが建前である。士分《しぶん》の娘が町人に嫁ぐには、まず、一旦、町人の養女となって町人の身分とならねばならぬ。だれか適当な商人の養女にいたせ」

「ははっ」

「小夜は手許に置いておきたかったがやむを得ぬな」

さびしげにぽつりとそう言った美濃守の横顔を見て、中順康は先ほどのおのれの感想が間違っていなかったと知った。

◇

数日後、烏近とお紺、それに与市兵衛の三人は、烏近の船に集まって酒を飲んでいた。

「なーんか気が抜けちまったね」

お紺はそう言った。与市兵衛が、

「いつもいつもはらはらしててもしゃあない。これくらいがちょうどええのや」

烏近はため息をつき、

「あのあとどうなったんだろう。私は、殿が急に現れて鉢《はち》合わせしたら偽殿だとバレる。そうなったらなにもかも台無しになるから、あわてて城を抜け出したんだけど……」

「烏ーやん、上手いこと殿さんの声色使うたらしいな」

「付け焼き刃でも、一応、ひと晩特訓を受けたからね。――それにしても、一応、殿になりすまして、小夜姫さまを私に嫁がせる、と申し渡してきたんだけど、姫さま……ここに来てくれないかな」

与市兵衛が、

「来るわけないやろ。こんなボロ船《ぶね》。そこらの裏長屋よりひどいやないか。無理無理無理。きっと本ものの殿さまが今頃、ならぬならぬ、余はそのようなこと申しておらぬ！　ゆうて激怒してはるわ」

お紺が、

「あたしもそう思う」

「あとは駆け落ちするしかないのか……。でも、そういうことは小夜姫さまが不幸になると思うからしたくないんです」

お紺がプーッと吹きだして、

「ははは……こんな船に住むってのもたいがい不幸だよ。なにしろお大名のお姫さまだ。だだっ広い部屋でお付きのものをたくさん従えてのんびりお暮らしになってたんだろ？」

「はあー、どうしたらいいのかなあ……」

そのとき、

「こんちはー。烏近さん、いるかい？」

そう言って入ってきた男は、面屋の甚五郎《じんごろう》だった。

「お久しぶりです。今日はなにか……？」

「なんでも、ここで今からおめでたいことがあるって聞いてね」

「おめでたいこと？　酒盛りぐらいでしょうか」

「まあ、いいってことよ。座らせてもらうぜ」

そのあとすぐに、とんとんとん……と景気よく歩み板のうえを走ってくる足音が聞こえた。

「おっちゃん、いてるかー。わてや。イカ小僧の金吉《かなきち》や」

「おー、金吉さん。どういうことです。今日は珍客ばっかりですね。――金吉くんにはお酒というわけにはいきませんね。でも、あいにくと饅頭がなくて……」

「ありまっせ」

続いて入ってきたのは菓子《かし》匠《しょう》吉鶴《きちづる》の主鶴兵衛《つるべえ》だった。鶴兵衛は手土産の饅頭を金吉に差し出し、

「これはうちの看板の小鳥饅頭《ことりまんじゅう》や。よかったら食べとくれ」

「うわあ！　吉鶴の小鳥饅頭！　はあっ、ありがたい」

与市兵衛が、

「こら、わしの十八番《おはこ》の口癖盗むな」

鶴兵衛は、

「先日はうちの店《みせ》のことでたいへんお世話になりました。じつはな……今日は烏近先生に縁談を持ってきましたのや。うちの娘をぜひ先生に、と思いましてな。ちょうど歳も釣り合うし、似合いの夫婦《めおと》になると思いまっせ」

与市兵衛とお紺は顔を見合わせたが、烏近はすぐにかぶりを振って、

「はあ……すみませんがお断りします。ちょっとその……心に決めたひとがいるもんで……」

「そうだっか？　顔見たら気持ちも変わると思います。おい……お小夜！　入れてもらえ」

「はーい！」

入ってきたのは小夜姫だった。

「小夜姫さま……どうしてここに！」

「岸和田の父上が、小夜姫は白鷺烏近に嫁がせる、とおっしゃったから来たのじゃ。迷惑だったかのう」

「いや、迷惑だなんてそんな……」

小夜姫は船のなかをあちこち見回している。

「面白そうではないか。今日からここに住めるのじゃな。楽しみじゃ」

「え……？　私にはなにがなんだか……」

何がどうなっているのかわからずうろたえまくっている烏近に、鶴兵衛が笑いながら、

「小夜姫さまの身分を、士分から町人にするために、一旦、うちの養女にしてほしい、と岸和田のお殿さまから頼まれましてな、せやさかい今は、名目上はわしの娘だす」

「えーっ」

烏近は小夜姫に、

「いいんですか、こんなところに住むことになっても……」

「そなたが連れて逃げてくれぬからわらわのほうから参ったのじゃ。大名の娘で船に住んでるものなど、日本中にひとりしかおるまい。むふふ……愉快愉快」

「はあ……」

鶴兵衛は、

「ここにおられるのは皆、烏近先生と親しき間柄のものばかり。今からささやかな祝言《しゅうげん》を挙げさせていただくにあたって、あとふたり、客人がございます。皆さん、粗相《そそう》のないようにお願いします」

蚊取源五郎に手を引かれて入ってきたのは岸和田城城主岡部美濃守そのひとだった。

「殿……！」

「なんじゃ、ここは！　こんなところに住めるものか。小夜、余が立派な住まいを建ててやるゆえ、そちらに住め」

「嫌じゃ。ここが面白い！」

「うーむ、おまえというやつは……」

美濃守は娘をはったとにらみつけた。小夜は父親をはったとにらみ返した。

「とにかく皆さん、座ってください。こんなにたくさんのひとが一度に乗ったことがないから、大丈夫かな」

烏近がそう言ったとき、いきなり船がぐらりと傾いた。皆は手で身体を支えた。

「な、なんじゃ！」

美濃守が悲鳴のような声を上げた。窓を開けて外を見た烏近は驚いた。屋形船は土佐堀川《とさぼりがわ》のなかを移動していた。

「船が……船が流されてます！」

与市兵衛が、

「どういうこっちゃ」

「たぶんたくさんのひとが乗りすぎて、杭《くい》につないだ縄が切れたんだと思います」

土佐堀川はたくさんの大船、小船でいっぱいである。衝突しそうになると、相手側が驚いて避けている。船頭たちの怒号が聞こえてくる。お紺が、

「どうなるんだよお」

「さあ……このままだと海に出ますね」

屋形船のなかは上を下への大騒ぎになったが、ただひとり落ち着いているものがいた。小夜姫である。烏近がそれに気づいてそっと近寄り、

「姫さま、怖くありませんか」

「ぜーんぜん。この船がどこかに流れ着いたら、そこでまた『ご無理ごもっとも始末処』をふたりではじめればよい」

それを聞いた烏近は、自分にとっての無理難題も解決したことを知った。

＊初出
「川の流れを逆にしろ」　小説宝石二〇二一年一二月号
「人魚の肉を手に入れろ」　小説宝石二〇二二年八月号
「金のシャチホコを修理しろ」　書下ろし
「座敷童子を呼び戻せ」　小説宝石二〇二三年一・二月合併号
「自分の声を後世に残せ」　書下ろし

田中啓文（たなか・ひろふみ）

1962年大阪府生まれ。神戸大学卒業。’93年「凶の剣士」で第二回ファンタジーロマン大賞佳作、短編「落下する緑」で鮎川哲也編の「本格推理」に入選しデビュー。2002年「銀河帝国の弘法も筆の誤り」で第33回星雲賞日本短編部門、’09年「渋い夢」で第62回日本推理作家協会賞短編部門受賞。ミステリー、ホラーなど多彩なジャンルで作品を発表し、本作をはじめ巧みな語り口の時代小説も多い。

白鷺《しらさぎ》烏《う》近《こん》なんぎ解決帖《かいけつちょう》

2023年 7 月30日　初版 1 刷発行

著　者　田《た》中《なか》啓文《ひろふみ》

発行者　三宅貴久

発行所　株式会社 光文社

〒112-8011　東京都文京区音羽1-16-6

電話　編　集　部　03-5395-8254

　　　書籍販売部　03-5395-8116

　　　業　務　部　03-5395-8125

URL　光　文　社　https://www.kobunsha.com/

組　版　萩原印刷

印刷所　新藤慶昌堂

製本所　国宝社

ISBN978-4-334-91544-5